हिन्द पॉकेट बुक्स

देश-विदेश की अनोखी प्रथाएं

सत्यदेव नारायण सिन्हा प्रसिद्ध भारतीय साहित्यकार थे, जिन्होंने कई फिल्मों की पटकथाएं भी लिखी और हिन्दी में दर्जनों मौलिक पुस्तकों की रचना की। वे राजनीति और समाजसेवा में भी हस्तक्षेप रखते थे। उन्हें अनेक सामाजिक एवं साहित्यिक पुरस्कार प्रदान किए गए।

देश विदेश की अनोखी प्रथाएं

सत्यदेव नारायण सिन्हा

हिन्द पॉकेट बुक्स
पेंगुइन रैंडम हाउस इम्प्रिंट

हिन्द पॉकेट बुक्स

यूएसए। कनाडा। यूके। आयरलैंड। ऑस्ट्रेलिया। सिंगापुर
न्यू ज़ीलैंड। भारत। दक्षिण अफ़्रीका। चीन

हिन्द पॉकेट बुक्स, पेंगुइन रैंडम हाउस ग्रुप ऑफ़ कम्पनीज़ का हिस्सा है,
जिसका पता global.penguinrandomhouse.com पर मिलेगा

पेंगुइन रैंडम हाउस इंडिया प्रा. लि.,
चौथी मंजिल, कैपिटल टावर -1, एम जी रोड,
गुड़गांव 122 002, हरियाणा, भारत

पेंगुइन
रैंडम हाउस
इंडिया

प्रथम हिन्दी संस्करण हिन्द पॉकेट बुक्स द्वारा 1996 में प्रकाशित
यह हिन्दी संस्करण हिन्द पॉकेट बुक्स में पेंगुइन रैंडम हाउस द्वारा 2022 में प्रकाशित

10 9 8 7 6 5 4 3 2

इस पुस्तक में व्यक्त विचार लेखक के अपने हैं, जिनका यथासंभव तथ्यात्मक
सत्यापन किया गया है, और इस संबंध में प्रकाशक एवं सहयोगी
प्रकाशक किसी भी रूप में उत्तरदायी नहीं हैं।

ISBN 9789353493196

मुद्रकः रेप्रो इंडिया लिमिटेड

www.penguin.co.in

FSC www.fsc.org
MIX
Paper from responsible sources
FSC® C047271

This is a legitimate digitally printed version of the book and therefore might not have certain extra finishing on the cover.

क्रम

जन्म-सम्बन्धी रस्म-रिवाज

संतानोत्पत्ति का अवसर प्रत्येक समाज में आनन्द एवं उल्लास का अवसर माना जाता है। पुत्र-जन्म के अवसर पर खुशियां मनाना प्रायः सभी देशों और जातियों में प्रचलित है। हां, इतना अवश्य है कि हर समाज में जन्म-संबंधी प्रथाएं अलग-अलग हैं। कुछ तो इतनी विचित्र कि सभ्य समाज उन प्रथाओं को देख-सुनकर आश्चर्यचकित हो उठता है। यहां हम सभ्य समाज में चलनेवाली जन्म-संबंधी प्रथाओं का परिचय तो आपको कराएंगे ही, साथ ही, कुछ ऐसी जन-जातियों की जन्म और नामकरण-संबंधी प्रथाओं के बारे में भी बताएंगे जिन्हें हम अद्भुत ही कहेंगे।

डेवनशायर में बच्चे के जन्म लेने के दो-तीन दिन पूर्व एक पनीर का टुकड़ा तैयार किया जाता है। बच्चे के पैदा होते ही पनीर के टुकड़े को सर्वप्रथम उस परिवार के 'फैमिली डाक्टर' को खाना पड़ता है और शेष उस परिवार के अन्य सदस्यों को। शिशु के प्रथम बार के कटे हुए नाखूनों तथा बालों को एक केक में रखकर किसी वृक्ष के नीचे गाड़ दिया जाता है। बच्चे को एक वर्ष तक आईना नहीं दिखाया जाता। बच्चे के नामकरण

के समय बाइबल खोली जाती है और जो पृष्ठ खुलता है, उसीमें से कोई नाम रख लिया जाता है। बच्चे पर पवित्र जल भी छिड़का जाता है। यदि पवित्र जल छिड़कते समय बच्चा रोता नहीं है, तो घरवाले चुटकी भरकर उसे रुला देते हैं।

नामकरण-संस्कार के पश्चात् ही बच्चा हित-कुटुम्बी जनों के घर ले जाया जा सकता है। बच्चे को सर्वप्रथम गिरजाघर ले जाते समय यदि मार्ग में कोई अपशकुन हो जाए, तो ऐसा समझा जाता है कि बच्चा दीर्घजीवी नहीं होगा।

ब्राज़ील की 'बोरोबोरो' जाति की स्त्रियां बच्चा पैदा होने से पूर्व अपनी एक सहेली के साथ जंगल की ओर चली जाती हैं, जहां किसी साफ-सुथरे स्थान पर वे बच्चे को जन्म देती हैं। बच्चे को खूब मल-मलकर स्नान कराया जाता है और उसके बदन पर रंगीन गोंद लगाकर तरह-तरह की चित्रकारी की जाती है। तत्पश्चात् स्त्री अपने नवजात शिशु के साथ अपने घर लौटती है।

उड़ीसा के बोदो में शिशु-जन्म की घड़ी निकट आने तक भी ज़च्चा सारा कार्य सामान्य ढंग से करती रहती है और शिशु-जन्म के बाद भी जल्दी ही वह अपनी गृहस्थी का कार्य संभाल लेती है। प्रसव-पीड़ा प्रारम्भ होते ही कोई अन्य स्त्री उसे मकान के दूसरे कमरे में ले जाती है। कभी-कभी प्रसूति को सहारा देने के लिए मकान की छत से एक बड़ी रस्सी बांध दी जाती है। स्त्री को घुटनों के बल बैठाकर दो स्त्रियां उसे पकड़ लेती हैं और ज़ोर-ज़ोर से खांसने की कहती हैं। शिशु के जन्म होने पर नाल काटी जाती है। लड़के की नाल हंसिये से और लड़की की नाल बाण से काटते हैं। नाल का ऊपरी भाग जब तक सूखकर झड़ नहीं जाता, प्रसूति बर्तन आदि का स्पर्श नहीं करती। प्रसूति के रसोईघर में प्रवेश करने के एक सप्ताह बाद शिशु के नाना द्वारा पुत्र-जन्म पर एक मुर्गा और पुत्री के जन्म पर एक मुर्गी दावत के लिए दी जाती है। शिशु का पिता ससुराल से यह भेंट स्वयं लाता है। प्रसूती शिशु को लेकर आंगन में बैठ जाती है। पिता मुर्गे या मुर्गी को उसके चारों ओर घुमाकर कहता है, "मेरे सास-श्वसुर ने इसे भेजा है, उनका नाती मोटा-ताज़ा हो और सुख से रहे। अपने नाना की तरह वह दीर्घायु हो और उन्हीं के समान पुष्ट और शक्तिशाली हो।"

रैगमान नागा जनजाति में जुड़वां बच्चों का जन्म अशुभ माना जाता है। उसे इस सीमा तक बुरा समझा जाता है कि जिस स्त्री के जुड़वां बच्चे होते हैं उससे वे अपने प्रयोग के लिए उसकी कंघी या अन्य वस्तु भी नहीं मांगते। **भारत** के **मध्यप्रदेश** की कतिपय जनजातियों में लड़के और लड़की का एकसाथ जन्म होना बहुत बुरा समझा जाता है; क्योंकि उनकी धारणा है कि भाई-बहिन का इस प्रकार गर्भ में साथ रहना पाप है। जुड़वां संतान पैदा करनेवाली स्त्री के प्रति यह धारणा पाई जाती है कि वह अपने पति के प्रति सच्ची नहीं रही क्योंकि जुड़वां बच्चों का जन्म दो मर्दों के संभोग के कारण ही होता है और यही वजह है कि जुड़वां सन्तानों की मां को घर से निकाल देने में इन्हें देर नहीं लगती।

अधिकांश जनजातियों में बच्चे के जन्म के पश्चात् माताएं कुआं पूजती हैं, तभी उसे पवित्र माना जाता है। जिन जनजातियों में कुएं को पूजने की प्रथा है, उनमें शिशु के जन्म पर पिता को बिस्तर पर लेटकर ठीक वैसा ही व्यवहार करना होता हैं, जैसे उसीके गर्भ से बच्चा पैदा होना है। शिशु-जन्म के बाद एक निर्धारित अवधि तक जिस प्रकार माता किसी काम-काज को नहीं करती, ठीक उसी प्रकार पिता भी अस्पृश्य समझा जाता है।

बच्चे के नामकरण-संस्कार के दिन प्रायः सभी जनजातियों में कुछ विशेष रस्म अदा की जाती है। **बोरो** जाति में मुर्गे की बलि देकर उसका पैर शिशु के हाथ में दे दिया जाता है। तत्पश्चात् उस परिवार का सबसे वरिष्ठ सदस्य बच्चे के निकट बैठकर धीरे-धीरे एक-एक पुरखे का नाम लेता है। कोई विशेष नाम लेते समय यदि बालक मुर्गे का पैर हाथ से दबा देता है, तो यह मान लिया जाता है कि उसी पुरखे की आत्मा ने शिशु-रूप में जन्म लिया है और फिर शिशु का नाम उस पुरखे के नाम पर रख दिया जाता है। यदि शिशु ऐसा कोई संकेत नहीं करता, तो उसका नामकरण उसके जन्म के दिन के नाम पर कर दिया जाता है।

कमार जनजाति में भी लगभग इसी प्रकार की प्रथा प्रचलित है। वे शिशु में उसके किसी पुरखे के शारीरिक लक्षण ढूंढ़ने का प्रयास करते हैं। यदि कोई विशेषता मिल जाती है, तो उसका नाम उसी पूरखे के नाम पर रख दिया जाता

है और यदि शिशु में अपने किसी पुरखे का शारीरिक लक्षण उन्हें नहीं मिला, तो जिस पूर्वज के जन्म की उन्हें सम्भावना रहती है, उसका नाम एक व्यक्ति ज़ोर-ज़ोर से उच्चरित करता है और दूसरा एक मुट्ठी धान निकालता है। फिर वे लोग धान के दाने गिनते हैं। धान के दाने गिनने पर यदि उनकी संख्या उतनी नहीं होती जितनी कि उन्होंने अपने मन में सोची थी, तो यह समझ लिया जाता है कि जिस पूर्वज का नाम लिया था, उसीने जन्म लिया है। कभी-कभी किसी बर्तन में पानी भरकर दो आदमी आमने-सामने बैठ जाते हैं। फिर किसी पूर्वज का नाम लेकर दोनों दिशाओं से एक-एक धान का दाना छोड़ा जाता है। यदि दोनों दाने मिल जाएं, तो बालक को जिस पूर्वज का नाम लेकर धान का दाना फेंका गया था, उसीका नाम दे दिया जाता है। किसी घटना-विशेष के आधार पर भी नामकरण किया जाता है। जैसे यदि कोई शिशु अकाल के समय पैदा होता है, तो उसका नाम 'अकलू' या 'अकालू' रख दिया जाता है। **नागा** जनजाति के एक विशेष वर्ग में यदि नामकरण के उपरान्त शिशु निरन्तर कई दिनों तक रोता रहता है, तो वे समझते हैं कि शिशु का नाम ठीक नहीं रखा गया है और वे उसका नाम बदलने की फिक्र करते हैं।

जापान में पुत्र-जन्म पर जितनी खुशी मनाई जाती है, उतनी पुत्री के जन्म पर नहीं। बच्चे के जन्म के सातवें दिन नामंकरण-संस्कार होता है। इसी दिन मुंडन भी होता है। जब बच्चा एक महीने का हो जाता है, तो उसे 'कानन देवी' के चरणों पर डालने के लिए ले जाते हैं। 120 दिनों के बाद बच्चे के एक-दो दांत निकल आने पर भी उत्सव होता है। वैसे प्रत्येक वर्ष सालगिरह मनाने की प्रथा वहां नहीं है।

जापानी वर्षगणना की विचित्रता का एक नमूना देखिए—यदि कोई बालक 25 दिसम्बर, 1964 को पैदा हो, तो 31 दिसम्बर, 1964 को चालू वर्ष की समाप्ति के साथ, उसके जीवन का भी प्रथम वर्ष पूरा हुआ माना जाएगा और 1 जनवरी, 1965 को कहेंगे कि बच्चे का दूसरा साल लगा है, जबकि, वस्तुत: वह केवल सात दिन का बच्चा होगा। लड़के को पांचवें वर्ष से पुरुषों की तरह और लड़की को सातवें वर्ष से स्त्रियों की तरह कपड़े पहनाने पड़ते हैं।

मुख-सामुद्रिक विद्या में जापानियों की अटल आस्था है। जब बेटे की जीवनवृत्ति निश्चित करने का अवसर आता है, तब जापानी पिता उसकी अभिरुचि का विचार करने के बजाय, उसे मुख-सामुद्रिक पंडित के पास ले जाते हैं। लड़के का मुख-लक्षण देखकर पंडित यह बताता है कि उसे कौन-सा पेशा अपनाना चाहिए।

हिमालय की गोद में बसा एक बड़ा ही रमणीक अंचल है—**स्पीति**। यह **भारत** का एक अत्यन्त अगम छोर है। चन्द्राघाटी में 13,500 फुट रोहतंग और 14,900 फुट कुंजुंम दर्रों को पार कर स्पीति की भूमि में प्रवेश मिलता है। यहां के निवासी स्पीतियन जीवन में केवल दो ही बार स्नान करते हैं—जन्म के समय और मृत्यु के बाद । इन दोनों के बीच के समय में वे अपने-अपने शरीर और बालों में याक का मक्खन लपेटे रहते हैं। इनके शरीर से इतनी दुर्गन्ध निकलती है कि अगर हममें से कोई भर पेट भेजन कर दो-चार स्पीतियन के बीच किसी कमरे में बैठकर बातें करे, तो निश्चय ही उल्टी हो जाएगी। दुर्गन्ध के कारण हमारा सिर चकराने लगेग।

बर्मी लोगों के नामों को यदि ध्यान से देखा जाए, तो उनसे उनके स्वभाव और चरित्र पर विशेष प्रकाश पड़ता है। उनके नाम सार्थक होते हैं और उनके नामकरण में एक विशेष नियम का पालन किया जाता है। बर्मा में ऐसी मान्यता है कि सप्ताह के सातों दिनों का अपना-अपना स्वामी कोई पशु होता है। जिस दिन बालक या बालिका का जन्म हो, उस दिन का पशु ही उसके जीवन का संरक्षक होता है और उस पशु के पहले नामाक्षर ही से उस बालक या बालिका का नाम रखा जाना चाहिए। यहां भी जन्म के समय राशि का विचार अवश्य किया जाता है और उसीके अनुसार बालक या बालिका का नामकरण किया जाता है।

बर्मी लोगों के साथ किसी प्रकार का जातिवाचक शब्द कभी नहीं लगाया जाता। बर्मी स्त्रियां तक अपने नामों के साथ अपने पति या पिता का कोई नामांश नहीं जोड़तीं। नामकरण की दृष्टि से बर्मा कितने ही दूसरे देशों की अपेक्षा अधिक प्रगतिशील है। यहां प्रत्येक नवजात का संबंध जन्मदिन के पशु के साथ होता है। उन पशुओं में कुछेक में परस्पर मित्र-भाव होता है और कुछेक में शत्रुभाव। विवाह-संबंध में इस बात का पूरी तरह ध्यान रखा जाता

है कि वर-वधू के जन्मदिन के पशु परस्पर मित्र हों।

आस्ट्रेलिया में सांटाक्रुज टुकोपिया नामक एक बहुत छोटा स्थान है, इसलिए वहां प्रथम दो लड़कों को छोड़ कर शेष सब लड़के मार डाले जाते हैं। इसका कारण वहां के निवासी यह बतलाते हैं कि वहां अधिक मनुष्यों को रहने के लिए स्थान नहीं है। लड़कियां जीवित रहने दी जाती हैं। अतएव वहां पुरुषों की अपेक्षा स्त्रियों की संख्या तिगुनी है। वैक्स द्वीप में भी लड़के मार डाले जाते हैं और लड़कियां जीवित रहने दी जाती हैं; क्योंकि वहां वंश लड़कियों के नाम पर चलता है।

कांगो के निवासियों में यह प्रथा है कि जिस घर में बच्चा जन्म लेता है, उसके परिवार के लोग छप्पर पर चढ़ जाते हैं और भूत-प्रेत का प्रकोप रोकने के लिए विशेष प्रकार का संगीत दिन-रात छप्पर पर ही गाते रहते हैं। छठे दिन स्त्रियों का एक समारोह होता है। इसमें प्रसूता अपने मां-बाप के घर अपने बच्चे को लेकर जाती है और रात के समय चुपके से अकेले अपने घर वापस आ जाती है। सवेरे लड़की का पिता या बड़ा भाई नवजात शिशु को अपनी

पुत्री या बहिन के घर वापस पहुंचा देता है।

मलेनीसिया द्वीप में पुत्र की उत्पत्ति पर लोग पक्षी तथा सूअर की भेंट चढ़ाते हैं। पुत्र उत्पन्न होते ही उसका पिता बच्चे की चीज़ों को समुद्र में धोने के लिए ले जाता है। नवजात शिशु का पिता रास्ते में खिलौने रूपी तीर-कमान बिखेरता जाता है। ऐसा करने का उनका उद्देश्य उनकी इस धारणा की पुष्टि करता है कि युवक होने पर बालक तीन-कमान चलाने में निपुण होगा। यदि लड़की हुई, तो पटसन की डोरियां बिखेरी जाती हैं, जिससे लड़की चटाई बुनने में निपुण हो। न्यूज़ीलैंड की मावरी जाति में कहीं-कहीं बालक के जन्म पर गांव में एक समारोह किया जाता है। इस समारोह में केवल स्त्रियां ही भाग लेती हैं। वे एक खुले मैदान में ज़च्चा-बच्चा के साथ पहुंच जाती हैं और एक घेरा बनाकर गोलाकार बैठ जाती हैं। नवजात शिशु को ज़मीन पर लिटाकर वे खूब शोरगुल करती हैं। और बाद में सभी जच्चा-बच्चा को छोड़कर भाग जाती हैं। यदि ज़च्चा-बच्चा सकुशल घर पहुंच जाएं, तो वह शिशु बड़ा भाग्यशाली समझा जाता है।

विवाह के अजीबोगरीब तौर-तरीके

यद्यपि 'विवाह' शब्द का कोई ऐसा वास्तविक एवं सभी देश, काल तथा जाति पर समान रूप से लागू होनेवाला अर्थ नहीं दिया जा सकता, क्योंकि विवाह प्रत्येक जाति के अपने सामाजिक नियमों एवं उस देश की अन्य परम्पराओं के अनुसार होते हैं, फिर भी विवाह स्त्री-पुरुष के उस ऐच्छिक, नैतिक एवं समाज से मान्यता प्राप्त सहवास को कहते हैं, जो वंश को कायम रखने के लिए किया गया हो।

सामान्यत: 'विवाह' शब्द से स्त्री-पुरुष के आजीवन सहवास का ही बोध होता है, फिर भी विश्व की विभिन्न जातियों में विवाह की अवधि के सम्बन्ध में विचित्र प्रकार की प्रथाएं प्रचलित थीं और कहीं-कहीं अभी भी उसी रूप में अथवा किसी अन्य रूप में प्रचलित हैं। भारत के विभिन्न भागों की कई जातियों में विवाह की अवधि निश्चित नहीं होती थी और किसी भी समय संबंध-विच्छेद किया जा सकता था। ऐसे संबंध-विच्छेद को 'तलाक' नहीं कहा जा सकता; क्योंकि पति या पत्नी रूखे व्यवहार के कारण एक-दूसरे से संबंध-विच्छेद नहीं करते थे, बल्कि उनके यहां विवाह आजीवन समझौता

नहीं माना जाता था। एक निश्चित अवधि के बाद अगर किसी विवाहित जोड़े ने एक-दूसरे से संबंध न तोड़ा, तो उन्हें समाज में बड़ी हेय दृष्टि से देखा जाता था।

तलाक देकर दाम्पत्य जीवन से पृथक् होने के अतिरिक्त प्राचीन **अरब** जातियों में कुछ अस्थायी प्रकार के विवाह प्रचलित थे। मुसलमानों के प्रसिद्ध तीर्थस्थान **मक्का** में तो यात्रियों द्वारा एक निश्चित, अस्थायी एवं अल्प अवधि के लिए ही विवाह किए जाते थे, जो केवल एक दिन, एक सप्ताह, एक महीने, एक वर्ष या इसी प्रकार की किसी अन्य अस्थायी अवधि के लिए ही होते थे। इन्हें 'मुताह-निकाह' कहते थे। 'मुताह-निकाह' में एक-दूसरे को पता रहता था कि हमारी शादी स्थायी नहीं, वरन अस्थायी है। एक-दूसरे को धोखे में नहीं रखा जाता था। इस प्रकार के विवाह का दूसरा प्रभाव यह होता था कि इसमें पत्नी को किसी प्रकार का हक तब तक नहीं होता था, जब तक कि विवाह के समय ही उसकी उचित व्यवस्था न कर दी गई हो। यही नहीं, तलाक़ देने के संबंध में इस प्रकार के अस्थायी विवाहों पर प्रतिबंध नहीं था जैसाकि स्थायी विवाहों में अक्सर हुआ करता है।

तिब्बत में भी इसी प्रकार के अस्थायी विवाहों की परस्परा है, जोकि एक सप्ताह, एक मास अथवा इसी प्रकार की किसी अन्य अवधि के लिए किया जाता है और जिसे किसी भी प्रकार अनैतिक नहीं कहा जा सकता। कुछ ग्रंथों में **अबीसिनिया** में भी इसी प्रकार के अस्थायी विवाह की प्रथा का उल्लेख मिलता है। **अनगावा** प्रदेश के एस्किमो लोगों में भी इसी प्रकार की व्यवस्था है, जिसके अनुसार पत्नी जीवन-भर के लिए नहीं बल्कि एक निश्चित अवधि के लिए रखी जाती है। **उत्तरी अमेरिका** के रेड इंडियनों एवं **पश्चिम अफ्रीका** के नीग्रो लोगों में इसी प्रकार के अस्थायी विवाह की प्रथा का उल्लेख मिलता है।

हम दूर क्यों जाएं—**ईरान** में आज भी 'मुताह-निकाह' (अस्थयी विवाह) की प्रथा प्रचलित है। 'मुताह-निकाह' में वैवाहिक जीवन के सभी उत्तरदायित्वों से मुक्ति मिल जाती है। इसके तहत स्त्री और पुरुष अपना अस्थायी विवाह कर लेते हैं और शर्त के मुताबिक कीमत अदा करते हैं। यह विवाह दो आत्माओं का मधुर मिलन नहीं होता, वरन बाज़ार में बिकती हुई वस्तुओं के सौदे की तरह का होता है। आज बड़ी तादाद में ईरानी नवयुवक

जीवन की ज़िम्मेदारियों से बचने के लिए 'मुताह-निकाह' की शरण ले रहे हैं।

ग्रीस में विवाह एक अस्थायी कृत्य समझा जाता था और किसी भी दशा में पति-पत्नी के लिए यह आवश्यक नहीं था कि वे एक वर्ष से अधिक एकसाथ रहें। विवाह-काल में रहे गर्भ से उत्पन्न बालक या बालिका को पुरुष देख भी नहीं पाता था; क्योंकि जब उनकी सन्तान की पैदाइश होती थी, तब पुरुष अपनी स्त्री को छोड़ चुका होता था। इसका परिणाम यह होता था कि अधिकांश प्रौढ़ पुरुषों की विभिन्न पत्नियों से उत्पन्न कितने ही बच्चे इधर-उधर घूमा करते थे, जिनका पता स्वयं पिता को भी नहीं रहता था। यही नहीं, **युगांडा** के एस्किमो लोगों में भी जीवन-भर एक ही पत्नी का रखना अच्छा नहीं समझा जाता था और उस जाति में शायद ही कोई ऐसा व्यक्ति होता जो जीवनपर्यन्त एक ही पत्नी रखता हो। वाटरमार्क्स ने अपनी एक पुस्तक में लिखा है कि **इंडोचीन** की एण्डालिन्स जाति की स्त्रियां प्रौढ़ होते-होते तीन-चार परिवार बसा चुकती थीं।

इस तरह के अस्थायी विवाह का सबसे विचित्र रूप पाया जाता है **मालद्वीप** में। वहां एक ही पति अपनी उसी पत्नी के साथ कई बार शादियां करता है। शादियां पंचायत द्वारा एक निश्चित अवधि के लिए कराई जाती हैं। शादी के लिए निश्चित समय का अनुबंध समाप्त होने पर पति-पत्नी को फिर पंचायत की शरण में जाना पड़ता है। 'वाइल्ड ट्राइब्स आफ़ द नार्थ वेस्ट कोस्ट आफ़ बोर्नियो' नामक पुस्तक में जॉन साहब का कहना है कि घाक जाति के अधिकांश प्रौढ़ पुरुष कई पत्नियों के पति होते हैं और 17 या 18 वर्ष की लड़की कभी-कभी चार या पांच पतियों के साथ रहती थी। **गुयाना** के **किवाईपुअन** जाति के लोग अस्थायी विवाह करते-करते जीवन में बीस-बीस पत्नियां तक रख लेते थे। **मार्शल द्वीप** में सेन्फट साहब को एक बार एक ऐसा व्यक्ति मिला, जो 24 वर्ष की ही अवस्था में 11 पत्नियों के साथ अस्थायी विवाह कर चुका था। यह युवक किसी भी युवती से सिर्फ तीन या छ: महीने के लिए अस्थायी विवाह करता था।

इक्वेडोर के **जिवारोस** जाति के लोगों में आज भी वैवाहिक जीवन की कोई निश्चित अवधि नहीं होती। पुरुष जब कभी भी चाहता है अपनी पत्नी

को छोड़ सकता है या उसकी हत्या कर सकता है। ऐसा करने के लिए वे पूर्ण स्वतंत्र हैं।

विवाह के बाद यदि अधिक दिन तक कोई संतान न हो, तो प्रायः पति-पत्नी एवं उनके माता-पिता निराश या दुःखी होने लगते हैं। एक निश्चित अवधि के अन्दर बच्चा पैदा कर देना यों तो हास्यास्पद प्रतीत होता है, किन्तु **पैसवे** की कुछ जातियों में आज भी विवाह के पूर्व यह समझौता किया जाता है कि अगर इतने वर्ष तक पत्नी किसी बच्चे को जन्म न दे सकी, तो विवाह-संबंध विच्छेद किया जा सकता है। ऐसे समझौतों को हम अस्थायी विवाह ही कहेंगे; क्योंकि यदि निश्चित अवधि में एक बार भी बच्चा केवल पैदा-भर हो जाए, चाहे बाद में मर ही क्यों न जाए, तो विवाह का बंधन तोड़ना कठिन होता है। यह प्रथा उसी प्रकार की है कि आप कोई चीज़ ख़रीदते समय दुकानदार से कहें कि भाई, चीज़ असली होगी, तो रखूंगा अन्यथा वापस कर दूंगा। इसलिए सोच-समझकर देना।

इसी प्रकार की एक प्रथा **इण्डोचीन** की डक जाति में है। यहां सन्तानोत्पति के बाद ही विवाह को स्थायी माना जाता है। पश्चिमी **आस्ट्रेलिया** की कुछ जनजातियों में भी सन्तानहीन पत्नी को एक निश्चित अवधि के बाद छोड़ दिया जाता है।

आइए, अब देश-विदेश के कुछ स्थायी विवाह के अजीबोगरीब तौर-तरीकों से भी आपका परिचय कराएं—

"कुंवारे युवा पुरुषो ! सावधान...!

"आगामी वर्ष के लिए होशियार रहें !

'लीप ईयर' में अपने देश की परम्परा और शिष्टता के सारे बंधन तोड़कर कुंवारी युवतियां आपके लिए चक्रव्यूह की रचना करेंगी। अनेक वर्षों से जिन कुमारिकाओं के सम्पर्क में आप रहते आए हैं, वे आपको किसी शानदार होटल में या अपने घर पर दावत देंगी और उपस्थित व्यक्तियों के समक्ष जब आपसे विवाह-प्रस्ताव करेंगी, तब आप फिर 'ना' नहीं कर सकेंगे। देश का कानून अपने शिकंजे में जकड़कर आपको इस बात के लिए मजबूर कर देगा कि विवाह की इच्छुक युवती का हाथ आप जीवनपर्यन्त के लिए थाम लें... और, तब भविष्य के लिए बनाई गई आपकी सारी योजनाएं विफल हो

जाएंगी। आपके सारे सुनहरे सपने क्षण-मात्र में ढह जाएंगे। अत: हम उन कुंवारे पाठकों को, जिन्होंने भविष्य के सुनहरे सपने संजो रखे हैं, यह चेतावनी देना अपना परम कर्तव्य समझते हैं कि 'लीप ईयर' में वे उन कुंवारी युवतियों के निमंत्रण को सहर्ष स्वीकार न करें जिनकी मित्रता पर उन्हें गर्व है या दूसरे लोग ईर्ष्या करते हैं। अगर आप किसी युवती को पाना चाहते हैं, तो निमंत्रण स्वीकार कर लें अन्यथा उस निमंत्रण के बदले आपको बहुत बड़ी कीमत चुकानी पड़ेगी, सदा के लिए किसी एक का होकर। अत: सावधान ...!"

यह चेतावनी है दैनिक समाचारपत्रों की। अपने देश भारत के समाचारपत्रों की नहीं, बल्कि यूरोप के कई देशों के समाचारपत्रों में इस तरह की चेतावनी उस साल के अन्तिम महीने, यानी दिसम्बर में दी जाती है, जिसके बाद 'लीप ईयर' आनेवाला होता है। उन देशों का कानून है—"देश की परम्परा से पूर्णतया मुक्त, 'लीप ईयर' के दिनों में किसी कुमारी के आग्रह करने पर पुरुष को अवश्यमेव उससे विवाह करना पड़ेगा। इनकार करने पर उसे राजदंड का भागी होना पड़ेगा।"

बहुत दिन पहले हमारे देश की तरह यूरोप के कई देशों में कुंवारी कन्याओं के लिए योग्य वर की तलाश में माता-पिता की आंखें लगी रहती थीं। कन्याओं को इस योग्य कदापि नहीं समझा जाता था कि वे अपने लिए ऐसे जीवन-साथी का चुनाव कर सकेंगी, जो उनके सुख-दुःख का साथी हो। शिक्षा के प्रचार ने कुंवारी कन्याओं को इतनी सुबुद्धि और स्वतंत्रता अवश्य दी कि वे अपने भावी जीवन का निश्चय स्वयं कर लें।

लेकिन इतनी स्वतंत्रता और शिक्षा के बावजूद कुंवारी कन्याएं अपनी स्वाभाविक लज्जा और सामाजिक परम्परा को त्यागकर कभी-कभी अपने प्रेमी से स्पष्टत: विवाह के लिए प्रार्थना नहीं कर पातीं। वे बहुत दिनों तक इस आशा से धैर्यपूर्वक प्रतीक्षा करती हैं कि विवाह की बात सबसे पहले पुरुष की ओर से कही जाए। अन्तत: काफी प्रतीक्षा के बाद जब उनकी यह कामना सिद्ध होती नहीं दिखाई देती, तब वे 'लीप ईयर' की प्रतीक्षा करती हैं और समय आने पर अपने प्रेमी के सामने दिल की बात रख देती हैं। इसके विपरीत अगर कोई प्रेमी अपनी प्रेमिका से विवाह करने का आग्रह कर चुका है और

प्रेमिका के नाज़-नख़रे अगर अब भी जारी हैं, तो वह बड़ी बेसब्री से 'लीप ईयर' का इन्तजार करता है, क्योंकि उसे यह विश्वास होता है कि इस वर्ष विवाह के लिए की जानेवाली प्रार्थना व्यर्थ नहीं जाएगी, अपना रंग लाकर ही रहेगी, दो हृदय एक होकर रहेंगे।

यूरोप के कई देशों में पन्द्रहवीं शताब्दी से ही इस प्रकार का कानून प्रचलित है। यद्यपि स्त्री-शिक्षा के अत्यधिक प्रचार के कारण वहां की स्त्रियों में आत्म-प्रतिष्ठा की भावना काफी बढ़ गई है; फिर भी यह कानून एक सामाजिक प्रथा के रूप में अब भी विद्यमान है और यूरोप के प्रायः अधिकांश देशों में प्रचलित है। 'विविध फूलों के पराग' से अपना मन बहलाने वाले कई युवा पुरुष इस वर्ष बचे रहने की कोशिश करते हैं, लेकिन वर्ष-भर के दिनों में उन्हें कहीं न कहीं सिर मुड़ाने पड़ ही जाते हैं।

अमेरिका के एक धनी बाप के इकलौते, सुन्दर और सुशिक्षित बेटे को, जो अपनी प्रणय-लीला के लिए कुंवारी युवतियों में काफ़ी प्रसिद्ध हो चुका था, 'लीप ईयर' के दिनों में अन्ततः एक युवती के बंधन में बंधना ही पड़ा। बात यूं हुई—कॉलेज के दिनों में इस युवक की कई युवतियों से मित्रता थी। मगर मित्रता गहरी हो जाने पर भी यह किसीके पल्ले नहीं पड़ना चाहता था। कॉलेज के आरंभिक दिनों में इसकी मित्रता 'मेरियो' नामक एक युवती से हुई, परन्तु धीरे-धीरे यह उसे भूल गया। मेरियो इस युवक को न भुला सकी। छः वर्षों बाद (लीप ईयर वर्ष में) एक दिन राह में मेरियो की भेंट इस युवक से हुई। परस्पर अभिवादन और कुछ देर की बातचीत के बाद मेरियो इसे एक होटल में ले गई। टेबल के चारों ओर और भी लोग बैठे थे। जलपान के समय मेरियो ने लोगों के सामने उस युवक के समक्ष विवाह-प्रस्ताव रखा। वह चौंका। उसे अपनी भूल का आभास हुआ, मगर उससे इंकार करते नहीं बना। उसे अपनी स्वीकृति देनी ही पड़ी। उन महाशय के पास इसके सिवा और चारा ही क्या रह गया था!

तो देखा आपने, युरोप की विवाह-संबंधी एक अनोखी प्रथा को। आइए, विवाह के और भी अजीबोगरीब तौर-तरीकों से आपका परिचय कराते चलें। अब चलिए भारत की कुछ आदिम जातियों की एक ऐसी बड़ी झोंपड़ी की ओर जिसका निर्माण इस उद्देश्य से किया जाता है कि जिसमें गांव के अविवाहित

युवक-युवतियां रात्रि में रहें और अपने जीवन-साथी का चुनाव कर सकें। ऐसी झोंपड़ियों को 'घोटुल' कहा जाता है। **असम** और **उड़ीसा** में इसे 'घुमकुरिया', **बस्तर** में 'घोटुल' और **बिहार** के उरांव जाति में 'एरपा' या 'जोंण' के नाम से पुकारते हैं। यह वास्तव में आदिम जाति के युवक-युवतियों का नैश-विहार है और प्रत्येक आदिम जाति के गांवों में ऐसी झोंपड़ियों की रचना अनिवार्य रूप से की जाती है।

'घोटुल' में किसी भी बस्ती के सारे अविवाहित युवक और युवतियां विशेषरूप से रात्रि में रहते हैं। यह गृह आयताकार आकृति में बड़े सुन्दर ढंग से बनाया हुआ होता है। बांस के बड़े-बड़े खंभों पर घास-फूस की छत छाई जाती है। इसमें प्रवेश के लिए केवल एक ही दरवाज़ा होता है और गृह के भीतर एक नृत्यशाला, क्रीड़ा के लिए एक खुला क्षेत्र और सामूहिक वार्तालाप तथा शयन के लिए विशाल गृह होते हैं। गांव के सभी अविवाहित युवक-युवतियां यहां मिलाकर किस्से कहानियां, <???> और नृत्य करते हैं। इस प्रकार यह कार्यक्रम काफी रात तक चलता रहता है और जब सारा गांव सुख की नींद में सो जाता है, तब वे युवक-युवतियां भी सुख-स्वप्न में विचरते हैं। प्रात:काल मुर्गे की बांग होते ही सभी सदस्य अपने-अपने घर को चल पड़ते हैं।

भारत की इन आदिम जातियों में विवाह के पूर्व लड़के और लड़कियों का भली भांति परिचित होना नितान्त आवश्यक है, क्योंकि उनके समाज-संगठन में स्त्री और पुरुष दोनों का स्थान महत्त्वपूर्ण है। दोनों को जीवनयापन के लिए कंधे से कंधा भिड़ाकर श्रम करना पड़ता है। इतना ही नहीं, परिवार का वास्तविक भार स्त्री पर ही होता है। ऐसे समाज में इस बात का ध्यान रखा जाता है कि जीवन-साथी के चुनाव में किसी तरह की गलती न हो।

'घोटुल' गृह में माता-पिता अपने लड़के-लड़कियों को प्रसन्नतापूर्वक भेजते हैं। ऐसा न करना जातीय अपराध माना जाता है। यहां शिष्टता एवं प्रबन्ध की सुन्दर व्यवस्था होती है। 'घोटुल' की व्यवस्था एवं रखवाली के लिए एक 'कोटवार' और एक 'आरसर' होता है, जो सब कार्यों को देखता है। 'घोटुल' का प्रत्येक कुमार सदस्य 'चेलिक' और कुमारी 'मोटियारी' कहलाती

है। ज्योंही धरती पर शाम का अंधेरा उतरने लगता है, गांव के चेलिक और मोटियारी अपने साथ बिछावन लेकर खूब बन-ठनकर घोटुल की ओर चल पड़ते हैं। 'घोटुल' की षोड्शी सुन्दरी मोटियारी श्वेत और स्वच्छ वस्त्रों में अपने उभरते यौवन को ढांकते हुए अपने साथ नई-नई आशाएं और उमंगें लिए 'घोटुल' की ओर प्रस्थान करती हैं, तो देखते ही बनता है। 'घोटुल' में पहुंचते ही चेलिक और मोटियारी एक-दूसरे का स्वागत करते हैं और फिर सब मिलकर उसकी सफ़ाई करते हैं। जाड़े के दिनों में अलाव जला दिया जाता है और फिर उसके सहारे काफी रात तक 'घोटुल' का कोना-कोना ढोल, ढिमकी और नगाड़ों की ध्वनि से गूंजता रहता है।

जब काफी रात हो जाती है और सारा गांव सुख-स्वप्नों में विचरने लगता है, तब एक-एक मोटियारी एक चेलिक के साथ (जो पहले से निर्धारित होते हैं) बड़े कोठरे में सो जाते हैं। जब कोई मोटियारी और चेलिक अपना जीवन-साथी चुन लेते हैं, तो इसकी सूचना 'घोटुल' के 'आरसर' के दे दी जाती है। विवाह के लिए निश्चित दिन नियत किया जाता है। उस दिन 'घोटुल' में बड़ा समारोह होता है। इस समारोह में सारे गांव को आमंत्रित किया जाता है।

विवाह के दिन मोटियारी विशेष श्रृंगार कर उपस्थित होती है और वह मंगेतर को छोड़कर 'घोटुल' के सारे सदस्यों को तम्बाकू बांटती है। 'घोटुल' की सखियां उसके मंगेतर के बालों में कंघियां करती हैं। उस समय प्रत्येक मोटियारी को एक-एक नई कंघी भेट दी जाती है। इसके पश्चात् विवाह सम्पन्न होता है। विवाह हो जाने के बाद ये लोग एक दिन भी 'घोटुल' में नहीं रह सकते।

मणिपुर में होली से कुछ दिन पूर्व, कई दिनों तक एक उत्सव मनाया जाता है, जिसे 'थाबल-चोम्बा' कहते हैं। थाबल-चोम्बा का कार्यक्रम होली से करीब पन्द्रह दिन तक चलता रहता है। इन दिनों रोज़ शाम को जगह-जगह नृत्य होता है। मन्दिर से उठकर दोपहर में सब घर जाते हैं और थोड़ा विश्राम कर शाम के 'थाबल-चोम्बा' नृत्य में जाने की तैयारी करते हैं। लोग एक-दूसरे को अपने-अपने 'थाबल-चोम्बा' में सम्मिलित होने का निमंत्रण देते हैं। यह लोकनृत्य एक विशेष गान की लय पर होता है। इसकी लय शुरू में धीमी और

पीछे बहुत तेज़ हो जाती है। शुरू में बहुत-से अतिथि-जन 'थाबल-चोम्बा' करते हैं पर लय तेज़ होने पर यह नृत्य कठिन हो जाता है और आखिर में वही युवक-युवतियां नृत्य करते रहते हैं, जो नृत्यकला में निपुण हों। 'थाबल-चोम्बा' के दिनों में बहुत-से लड़के-लड़कियां भागकर गन्धर्व विवाह कर लेते हैं। वहां की एक प्रथा के अनुसार यदि लड़का लड़की को भगाकर तीन दिनों तक छिपाकर रख सके, तो समाज को उसका विवाह मानना पड़ता है। जिस विवाह के लिए माता-पिता राज़ी नहीं होते, तो लड़का-लड़की अन्त में इस गान्धर्व विवाह का सहारा लेते हैं। और वे बड़ी बेकरारी से 'थाबल-चोम्बा' की प्रतीक्षा करते हैं।

भारत की उत्तरी-पूर्वी सीमाओं पर नागालैण्ड है। वहां के निवासी **नागा** कहे जाते हैं। इनकी कई जातियां हैं, जिनकी वैवाहिक प्रथाएं अलग-अलग होती हैं। वहां उन व्यक्तियों को अधिक महत्ता मिलती है। जिसने दो-चार मनुष्यों का खून किया हो या जो शिकार में प्रवीण हो। साधारणत: ऐसे वर को चुनने में कन्या स्वतन्त्र होती है, बाद में मां-बाप की स्वीकृति ली जाती है। लड़के का पिता कुछ मूल्यवान भेटों को लेकर लड़की के पिता के पास जाता है। भेंटों को स्वीकार करने पर विवाह की रस्म पक्की होती है, फिर तीन मास तक लड़का ससुराल में रहकर कठिन परिश्रम के कार्य करता है। यदि वह लेशमात्र भी जी चुराता है, तो वैवाहिक सम्बन्ध तोड़ दिए जाते हैं। आर्थिक स्थिति के अनुसार वर-पक्ष से कन्या के घर दहेज आता है। कुछ नगदी भी साथ होती है, जो लड़की की मां के लिए होती है। यह उसके दूध की कीमत होती है, दहेज नहीं। इस तरह मां के दूध की कीमत चुकाकर अग्नि की साक्षी में विवाह-क्रिया समाप्त कर दी जाती है। इस जाति में कहीं-कहीं तो कन्या अपने सगे भाई तक का चयन कर लेती है और इस स्वतन्त्रता में कोई बाधक नहीं होता।

उरांव जाति में विवाह के समय लड़के-लडकी की भरपूर जवानी देखी जाती है। अग्नि की साक्षी में सामूहिक नाच-गानों के पश्चात् वर-वधू का नृत्य होता है और तब वैवाहिक क्रिया सम्पन्न होती है, किन्तु विवाह के पूर्व कन्या में एक मुख्य गुण देखा जाता है, वह यह कि कन्या वृक्ष पर चढ़ने में कुशल है या

नहीं, क्योंकि इनके भरण-पोषण में वृक्ष बड़ा सहायक होता है। ये लोग स्त्री को देवी के रूप में मानते हैं और इसीलिए अपने खेतों में पहला बीज अपनी स्त्री के हाथों डलवाते हैं।

पोलिनेशियन द्वीप समूह में एक स्थान है, ताहिती। यहां की क़बायली जातियों में शादी से पूर्व ईश्वर की स्वीकृति लेने की प्रथा है। इस स्वीकृति को प्राप्त करने के लिए वधू के मकान के आंगन में एक वेदी बनाई जाती है। इस वेदी पर वधू के पूर्वजों की हड्डियां तथा खोपड़ी टांग दी जाती हैं। ये हड्डियां सुरक्षित रखी जाती हैं, ताकि वे आने वाली पीढ़ियों के विवाह के अवसर पर काम आ सकें। इसके बाद वर-वधू इस वेदी से कुछ गज़ की दूरी पर खड़े हो जाते हैं और पुजारी उनकी ओर से भगवान की स्तुति करता है।

किन्तु सबसे अधिक आश्चर्य की बात तो यह है कि इस अवसर पर वधू के सम्बन्धी 'शार्क' मछली के दांतों से अपने चेहरे को खुरचते हैं और उससे जो रक्त निकलता है, उसे एक कपड़े पर इकट्ठा कर वधू के पांवों पर रखते हैं। जो सबसे अधिक खून निकलता है, उसी की भेंट सबसे मूल्यवान समझी जाती है।

भारतीय आदिम जातियों में एक जाति है, **कोरकू**, जो मूलत: मध्य प्रदेश के निवासी हैं। 'कोर' का अर्थ मनुष्य होता है और उसमें 'कू' लगाकर बहुवचन बनता है। अन्य आदिम जातियों की भांति ये भी अपने को मनुष्य की संतान मानते हैं और किसी तरह के भेदभाव के पक्ष में नहीं हैं।

कोरकुओं के विवाह के तरीके अपने-आप में निराले होते हैं। विवाह योग्य लड़के का पिता लड़की की खोज करता है, जिसे 'बलि ढूंढना' कहते हैं। मनचाही वधू खोजने के बाद सगाई हो जाती है। विवाह के पूर्व लड़के के पिता को दहेज देना होता है। वास्तव में यह लड़की की कीमत होती है। इस क़ीमत के साथ गांव की पंचायत को भी कुछ पैसा लड़के वाले को देना पड़ता है। यदि सगाई होने के बाद, शादी के पहले ही दैवयोग से लड़की का देहांत हो जाए, तो भी लड़के के पिता को कीमत देनी पड़ती है। यह क़ीमत अगर न दी गई, तो लड़की का बाप शव को गाड़ने नहीं देगा।

कभी-कभी लड़की अपने मन के प्रेमी से विवाह करना चाहती है। तब वह किसी दिन चुपचाप भागकर अपने प्रेमी के यहां चली जाती है। यह

सचमुच एक अजीब बात है। लड़की को इतनी अधिक छूट शायद ही किसी आदिम जाति में मिलती हो। वह किसी भी ऐसे लड़के के घर में घुस जाती है, जो अविवाहित हो। तब उस लड़के को उससे विवाह करना पड़ता है, चाहे वह उसे चाहे अथवा नहीं। अपने घर से वह उसे नहीं निकाल सकता। ऐसा करने पर जाति वाले उसे कायर और पौरुषहीन समझकर उसकी भर्त्सना करते हैं और युवक पर जुर्माना किया जाता है। ऐसी दशा में लड़के के पास केवल एक ही रास्ता रह जाता है। यदि वह उस लड़की से विवाह नहीं करना चाहता है, तो वह अपना घर छोड़कर ही भाग जाता है और उस घर का स्वामित्व उस लड़की को मिल जाता है।

कुछ कोरकुओं' में 'लमसेना' रखने की प्रथा है। किसी सम्पन्न लड़की का पिता, किसी लड़के को अपने यहां लाकर रख लेता है और वहां उसे छः मास से लेकर साल-भर तक सेवा करनी होती है, लेकिन कोरकुओं में सेवा ही सब कुछ नहीं है। लड़के को इस बात का परिचय देना पड़ता है कि वह पूर्ण पुरुष है। उस लड़के और उस सम्पन्न पुरुष की लड़की में सम्पर्क की छूट रहती है और साल-भर के भीतर यदि लड़की गर्भवती नहीं हुई, तो लड़का घर से भगा दिया जाता है। उसे विवाह के अयोग्य माना जाता है और फिर दूसरा लमसेना लाकर रख दिया जाता है। लमसेना इस बीच परिवार का एक सदस्य जैसा होता है। और वह अपनी भावी पत्नी के साथ जंगल-पहाड घूमने और काम करने लगता है। इनमें यौन-मिलन बहुत स्वेच्छा से होता है और यह बात स्वयं लड़की के पिता और माता दोनों जानते हैं।

नेवार जाति **नेपाल** की एक जाति है, जो अत्यन्त ही सुसंस्कृत है। प्राचीन काल से ही इन लोगों ने काठमांडू उपत्यका में एक ऐसी सभ्यता का निर्माण कर लिया था, जिसके कारण ये लोग प्रसिद्ध हो गए। कला-कारीगरी, भवन-निर्माण, साहित्य आदि के लिए वे बेजोड़ थे। आज भी इनका कलात्मक स्रोत सूखा नहीं है। काठमांडू उपत्यका के खंडहर, वर्तमान मन्दिर और पैगोडा अभी भी इनके कलाचातुर्य की पुष्टि करते हैं। इतना सब होते हुए भी नेवारों ने अपने रीति-रिवाजों, जातीय भोज तथा धार्मिक परम्पराओं के आधार पर सामाजिक विषयों का ऐसा जाल बना रखा है कि इनका उल्लंघन करना

असंभव-सा हो जाता है। यही कारण है कि नेवारी रीति-रिवाज पहले की तरह चलते आ रहे हैं।

इनकी बहुत-सी मनोरंजक प्रथाओं में एक है विवाह-प्रथा। नेवार लड़की का असली विवाह किसी पुरुष से नहीं, बल्कि भगवान नारायण की प्रतिमा से होता है। इसीलिए इसे 'सुवर्ण-विवाह' कहते हैं। नेवार में इसे 'इही' कहते हैं।

आम तौर पर 'इही' 5 से 8 वर्ष की उम्र में होता है। लेकिन यह संस्कार युवावस्था के पूर्व सम्पन्न होना परम आवश्यक है। 'इही' नेवारों के लिए वही महत्त्व रखता है, जो कि ब्राह्मणों के लिए कन्यादान देने का महत्त्व है। इसीलिए नेवार जाति में 'इही' की पवित्रता महान समझी जाती है और लोग दूर-दूर से 'इही' संस्कार को सम्पन्न होते देखने आते हैं। आम तौर से 'इही' सामूहिक रूप में होता है। छोटी-छोटी लड़कियों को दुलहन के रूप में सजा-धजाकर विवाह-मंडप में लाया जाता है और विवाह की सारी विधियां सम्पन्न की जाती हैं। इसके बाद माता-पिता अपनी-अपनी कन्या को कन्यादान के रूप में नारायण को समर्पित करते हैं। उसके बाद प्रत्येक वधू को एक-एक बेल दिया जाता है और उनसे उसे आजन्म साथ रखने की अपेक्षा की जाती है।

'इही' के कारण मानव-पति के साथ विवाह की प्रथाएं भी विचित्र हो गई हैं। नेवारी समाज में मानवी वर का चुनाव तीन प्रकार से होता है। प्रथम तो माता-पिता द्वारा आयोजित, दूसरा स्वयंवर और तीसरा लड़की का अपहरण। माता-पिता द्वारा आयोजित विवाह में लड़की को लाने के लिए बारात जाती है, किन्तु बारात के साथ वर नहीं जाता। वह घर में ही बैठा रहता है और उसके सगे-सम्बन्धी और पिता बड़े गाजे-बाजे के साथ बारात लेकर वधू को किसी गणेश-मन्दिर में ले जाते हैं। जहां वधू अपने भावी पति के गले में जयमाला डालती है और तीसरे प्रकार के विवाह में एक लड़का अपनी प्रियतमा का हरण कर ले जाता है और उसे चार दिन तक छिपाकर रखता है। अगर चार दिन की अवधि के अन्दर माता-पिता अपनी लड़की का पता लगा सके, तो प्रथा के अनुसार उसे वापस ला सकते हैं। नहीं तो वह लड़की भगाने वाले लड़के की कानूनन पत्नी बन जाती है। चार दिन के बाद माता-पिता का उस लड़की पर

कोई अधिकार नहीं रह जाता।

नेवार के लड़के-लड़कियों में अन्तिम प्रकार का विवाह अधिक प्रचलित है और यह इसलिए कि विवाह-संबंधी मामले में यह 'सेफ्टी वाल्व' का काम करता है। नेवारी विवाह बड़ा खर्चीला होता है। विवाह तय होने के पूर्व एक रस्म होती है जिसे 'लाखा-वियेगु' कहते हैं। इसमें लड़के की ओर से लड़की वालों को 'लाखा' नामक मिठाई देनी पड़ती है। एक-एक लाखा एक बड़े थाल के बराबर होता है और लड़की के माता-पिता के तमाम रिश्तेदारों को 'लाखा' बांटना पड़ता है। कभीकभी लड़की वाले 'लाखा' के बदले नकद रक़म की मांग कर बैठते हैं। 'लाखा' न दे सकने के कारण खासकर निम्न आर्थिक स्थिति के नेवार युवकों को कुंवारा रह जाना पड़ता है। अत: लड़की को भगा ले जाने की प्रथा ने इस समस्या के हल के लिए रास्ता निकाल दिया है। लड़की भगा ले जाने की प्रथा माता-पिता के ज़ोर-ज़ुल्म की समस्या को भी हल कर देती है। इतना ही नहीं, एक विवाहित स्त्री भी अपने प्रेमी के साथ भाग सकती है। ऐसी परिस्थिति में उसके पूर्वपति को केवल 'लाखा' की कीमत चुकाई जाती है और उसके द्वारा दिए गए आभूषणों को लौटाया जाता है।

भारत के **उत्तर प्रदेश** की उत्तर-पूर्वी तराई, जलवायु की दृष्टि से बड़ी विषम है, लेकिन अपनी विपुल वन-सम्पदा के लिए विख्यात भी है। इन विशाल वनों के उन्मुक्त वातावरण में सदियों से एक जाति रहती है **थारू**। इनके यहां 'दिलवराना' नामक एक ऐसी प्रथा है, जिसकी सत्यता पर आप सहज विश्वास नहीं कर पाएंगे। सामान्य बोलचाल में 'दिलवराना' का तात्पर्य है—'दो व्यक्तियों की दोस्ती'। आधुनिक समाज में, सामान्य सम्पर्क और परिचय के बाद दोस्ती हो ही जाती है। इस सम्बन्ध में शिक्षित समाज की, जो भी अवधारणा रही हो, लेकिन थारु समाज में दोस्ती और दिलवराना एक-दूसरे से भिन्न हैं। दो थारु, परस्पर दोस्त हो सकते हैं, लेकिन 'दिलवर' नहीं। थारुओं के लिए दिलवराना केवल दो व्यक्तियों की दोस्ती ही नहीं है, बल्कि दो भिन्न हृदयों को एक स्वस्थ सूत्र में गूंथने का एक स्नेह-संस्कार भी है, जिसमें एक दिलवर दूसरे दिलवर से मैत्री-सुख के साथ, एक-दूसरे

की धर्मपत्नी से शारीरिक सुख पाने का अधिकार भी पाता है। अतएव इसके लिए केवल परिचय ही पर्याप्त नहीं है, बल्कि सामाजिक मान्यता भी आवश्यक है।

थारू समाज में जब दो व्यक्ति सामान्य परिचय के बाद, एक-दूसरे के दिलवर (दोस्त) बनना चाहते हैं, तो एक तीसरे व्यक्ति को इस कार्य के निर्वाह के लिए चुना जाता है। इसे थारु लोग 'मांझी' (मध्यस्थ) कहकर पुकारते हैं। वह 'दिलवराना' के लिए एक तिथि निश्चित करता है। उस तिथि को पहले एक दिलवर सहभोज का आयोजन करता है, फिर दूसरे दिन दसरा दिलवर। इस प्रकार जब दोनों व्यक्ति एक-दूसरे को सहभोज दे देते हैं, तो दोनों एक-दूसरे के 'दिलवर' हो जाते हैं। इन दोनों दिलवरों की पत्नियां परस्पर 'संगिने' (सहेली) कही जाती हैं और एक दिलवर की स्त्री दूसरे के लिए 'सहनार' बन जाती है। दिलवराना जुड़ जाने के बाद यदि एक दिलवर की मृत्यु हो जाती है तो मृतक दिलवर की विधवा पत्नी अपने पति के के दिलवर से विवाह कर सकती है।

आदिम जातियों में साली का स्थान पत्नी के बराबर ही माना जाता है। पत्नी के मर जाने पर या सन्तान न होने पर साली से शादी की जा सकती है। इसी तरह पति के मरने पर पत्नी अपने देवर से विवाह कर सकती है। यदि देवर विवाहित हुआ और विधवा फिर भी उसीसे विवाह करना चाहे, तो कुछ दंड देकर विवाह किया जा सकता है।

गोंडों के विवाह हिन्दू ढंग के होते हैं। कुछ स्थानों में विवाह के दूसरे दिन दूल्हा और दुल्हन किसी नदी या तालाब में जाते हैं। वहां वे एक-दूसरे पर कीचड़ फेंकते हैं और कीचड़ से ही एक-दूसरे को नहलाते हैं। इस प्रथा को 'चीखल-माटी' कहा जाता है। बाद में दुल्हन दूल्हा के कीचड़े-भरे कपड़े धोती है। विवाह के पूर्व यदि कोई गोंड लड़की गर्भवती हो जाए, तो वह संसर्ग में आने वाले आदमी के घर जाकर उसकी पत्नी बन जाती हैं। ऐसी दश में विवाह की विधियां काफी कम हो जाती हैं। दुल्हन को केवल वर पर हल्दी डालकर उसके पीछे बैठना पड़ता है।

यदि कोई गोंड वृद्ध किसी युवती से विवाह कर ले और कुछ ही दिनों

बाद मर जाए, तो वृद्ध का युवक पोता उसकी स्त्री से विवाह कर सकता है। इसी तरह यदि किसी व्यक्ति को जंगली जानवर मार डाले और उसकी विधवा पुनः विवाह करना चाहे, तो उसे पहले कुल्हाड़ी, तलवार और भाले से विवाह करना पड़ता है।

खड़िया जाति में यदि दूल्हा बाज़ार या मेले में जाकर मनचाही लड़की की मांग में सिन्दूर डाल दे, तो उससे शादी की बात मान्य समझी जाती है। इनके यहां लड़की को ही वर के घर ले जाया जाता है।

असम की **गारो** जाति में मातृमूलक विवाह होते हैं। वहां लड़की नहीं, लड़का ढूंढा जाता है। विवाह बहुत कुछ लड़की के चुनाव पर निर्भर करता है। मर्ज़ी के खिलाफ यह केवल एक ही स्थिति में संभव है। अगर फूफी का कोई लड़का हो, तो फुफेरे भाई से विवाह करना ज़रूरी होता है, अन्यथा लड़की अपने चुनाव के लिए स्वच्छन्द होती है। समस्त गारो कबीला कई गोत्रों और बिरादरियों में बंटा है। हर बिरादरी अपना एक समान पूर्वज मानती है या किसी नदी या पशु को अपने 'टोटम' के रूप में स्वीकार करती है।

किन्नौर, हिमाचल प्रदेश का एक क्षेत्र है। वहां के लोगों को किन्नर कहा जाता है। उनके यहां अद्भुत प्रथाएं हैं। इन्हें जेनतांग, डाम टैंगिश,

डरोश और हर कहते हैं। ये विचित्र प्रथाएं विवाह की हैं। सबसे दिलचस्प प्रथा 'डरोश' है। इसमें प्रेमी लड़की का अपहरण करके ले जाता है। अब होता यह है कि लड़के वाले क्षमा प्रार्थना के लिए लड़की वालों के यहां जाते हैं और साथ ही दोनों के विवाह की बात चलाते हैं, जिसे मान लिया जाता है। हर' में ऐसा होता है कि एक शादीशुदा स्त्री को यदि कोई पुरुष पसंद आ जाए, तो बाक़ायदा पूर्व पति को धन देकर वह प्रेमी के साथ रहने लगती है। 'डाम टैगिश' प्रेम विवाह है। किन्नर लोग प्रेम विवाह को बुरा नहीं मानते। सन् 1992 में शिमला की एक सेशन अदालत ने 'डरोश' प्रथा को ग़ैरक़ानूनी करार दिया था।

किन्नर समाज में एक स्त्री कई पति रख सकती है। एक भाई की शादी हो गई। बस, काफ़ी है। किन्नरी एक वर्ष में एक भाई के साथ ही रहती है। जब सभी एक साथ घर में उपस्थित हों, तो बड़े भाई को प्राथमिकता मिलती है।

यहां वधू को ससुराल ले जाया जाता है। बारात नहीं जाती। । छोटी आयु का भाई किसी और युवती से ब्याह करना चाहे, तो बाकी सब भाई उसके भी पति होंगे।

असम की **अर्बेग** जाति में विवाह की एक विचित्र प्रथा है। अक्सर लड़कियां ही लड़कों को चाहती हैं। अपनी इस चाह को वे जाकर अपने भाई, मामा या उसके लड़कों को जतलाती हैं, तो वे उस लड़के को 'घोटुल' से या खेत से उठाकर आधी रात में हाथ-पांव बांधकर पकड़ लाते हैं, जैसे किसी चोर को लाया जा रहा हो। लड़का मौका मिलते ही भागकर जंगलों में छिप जाता है। लोग फिर उसे पकड़ लाते हैं और मारते-पीटते हैं। इस प्रकार तीन बार भागने की उसे छूट है। चौथी बार अगर वह भागा, तो यह समझा जाता है कि उसे यह सम्बन्ध पसन्द नहीं, अन्यथा उसे स्वीकृत माना जाता है। स्वीकृति की दशा में दावत होती है। लड़की की सखियां विवाह के गीत गाती हैं और आग जलाकर सूर्यदेवता की पूजा की जाती है। आग को वे प्यार की ऊष्मा का प्रतीक मानते हैं। लड़की के जीवन में यह एक अपूर्व अवसर होता है। इच्छित वर की प्राप्ति न होना कन्या के लिए एक बहुत बड़ा अपमान समझा जाता है।

गारो लोगों के **माची** कबीले में एक और प्रथा है, जिसे वे 'शदिला' कहते हैं। उनमें मुग्धा नायिका अपने हाथ से सुस्वाद भोजन बनाकर अपने प्रेमी के पास 'घोटुल' में भेजती है। अगर युवक उस उपहार को स्वीकार ले, तो इसे विवाह की स्वीकृति मान लिया जाता है। लड़की छिपकर यह देखती रहती है और स्वीकृति की अवस्था में स्वयं भी 'घोटुल' में घुस जाती है और उसीके साथ बैठकर खाने लगती है। अस्वीकृति की अवस्था में लड़कियां एकाध बार फिर प्रयत्न करके देखती हैं, मौका पड़ने पर लड़के को अपनी वासना और रूप की सुन्दरता में भी आकर्षित करने की कोशिश करती हैं। अगर इस पर भी लड़का उसके पाश में न बंधा, तो यह लड़की की बहुत बड़ी बेइज़्ज़ती मानी जाती है, जिसके लिए लड़के को कुछ समय के लिए गांव छोड़ देना पड़ता है।

गारो लोगों के एक और कबीले अतोंग लोगों में इस बारे में एक और विधि प्रयोग में लाई जाती है। उनमें खास-खास त्योहारों में जवान लड़के और लड़कियों को साथ-साथ सोने का अधिकार होता है। उस देश वक्त

काम-संबंध हो जाते हैं। अगर लड़की गर्भवती हो गई, तो उस रात का साथी जीवन-भर का साथी बन जाता है।

विवाह के बाद गारो स्त्री-पुरुषों के दाम्पत्य-सम्बन्ध प्रायः स्थायी होते हैं। स्त्रियां पतियों को नहीं छोड़तीं। अगर कोई स्त्री पति को छोड़कर भाग जाए, तो उसे दण्ड दिया जाता है और उसकी जायदाद छीन ली जाती है। व्यभिचारिणी स्त्री, चाहे वह पत्नी हो या पुत्री, समाज में निषिद्ध मानी जाती है। उसके कान फाड़ दिए जाते हैं, जिससे वह गहने न पहन सके। गहनों पर गारो स्त्रियां बड़ा अभिमान करती हैं। और इस अधिकार से वंचित होना लज्जा की बात मानी जाती है।

सुमात्रा द्वीप से **बंगाल की खाड़ी** तक उत्तर की ओर छोटी पहाड़ियां दिखाई देती हैं। यहीं पर एक ऐसा द्वीप है, जहां छोटी-छोटी झोंपड़ियों में वहां के मूल निवासी, जो बौने हैं, रहते हैं। इनमें विवाह बड़ी सादगी से होता है। वर जंगल में भाग जाता है, जहां से गांव वाले उसे पकड़ लाते हैं और वधू के गांव में धकेल देते हैं, फिर वधू के गांव वाले धीरे-धीरे वर और वधू को मुक्के लगाते हैं। कोई लड़की किसी भी कार्य में तब तक भाग नहीं ले सकती, जब तक उसका यौवनोत्सव न हो चुका हो। जब लड़की पहली बार ऋतुमती होती है, तब तीन दिन तक उत्सव मनाया जाता है। उसके बाद उसका नया नामकरण होता है। इस नाम से ही फिर उसे उम्र-भर पुकारा जाता है।

अब हम एक ऐसे विवाह के बारे में आपको बताएंगे जिसकी सत्यता पर आप सन्देह करने लगेंगे, परन्तु बात बिलकुल सत्य है कि वहां महिला की शादी महिला से ही होती है। **नाइजीरिया** की कई जातियों की महिलाएं, जो शादी करके अपनी स्वतंत्रता गंवाने के लिए तैयार नहीं होतीं, जिन्हें बच्चों को जन्म देना भी अच्छा नहीं लगता, पर जो अपने कुल के वारिस की इच्छा रखती हैं, वे किसी अन्य गरीब महिला के साथ बाकायदा विवाह करती हैं। अपनी स्त्री को सब सुखसुविधाएं प्रदान करती हैं और अन्य पुरुषों के साथ उनके मिलने-जुलने पर कोई प्रतिबंध नहीं लगातीं। परिणामतः जो बच्चा उस स्त्री-महिला के उत्पन्न होता है, वह पति-महिला का ही माना जाता है। बच्चे का वह पितृवत् लालन-पालन करती है और उसका उत्तराधिकारी भी वही

होती है। उसके नाम के साथ पितृस्थान में भी पति-महिला का ही नाम जुड़ा रहता है।

कुछ देशों में विवाह की ऐसी विचित्र प्रथाएं हैं, जहां शादी के पूर्व वर की अच्छी-खासी मरम्मत की जाती है। **पश्चिमोत्तर तिब्बत** के रहनेवाले **लद्दाखियों** में विवाह बड़े विचित्र ढंग से होता है। वर शादी के लिए जब कन्या के घर जाता है, तब कन्या-पक्ष के लोग इधर-उधर छिपकर बैठे रहते हैं। जैसे ही वर घर में प्रवेश करता है, वैसे ही वे लोग उसपर पिल पड़ते हैं और घूंसों से उसे मारते-पीटते हैं। उनसे बचता-बचाता वर घर के अन्दर घुस जाता है, तो घर की स्त्रियों का झुंड उसे घेर लेता है। वहां से बचने पर फिर छोटी-छोटी लड़कियां वर की मरम्मत करती हैं। इस शुभ कार्य में सहयोग देने के लिए पड़ोसी पहले ही से प्रतीक्षारत रहते हैं। लड़कियों से घिर जाने पर वर को उस समय कुछ दान-दक्षिणा देनी पड़ती है। संध्या के समय कन्या और वर को एक थाली में ही खाना खिलाया जाता है। वर अपनी दुलहिन को लेकर अपने घर आ जाता है। वर के प्रत्येक भाई का दुलहिन पर अधिकार होता है, परन्तु विवाह के कुछ

दिनों तक उसका प्रधान पति ही एकमात्र स्वामी होता है और तब क्रम से छोटे भाइयों का नम्बर आता है। सारे भाइयों की पत्नी बनने पर यह स्त्री पर निर्भर है कि वह जिसे चाहे अपना कृपा-पात्र बनाए।

बाली द्वीप में माता-पिता अपने लड़कों की शादी तो तय करते ही हैं पर वहां स्वयंवर की भी प्रथा है। विवाह योग्य युवतियां फल, मिठाई और चावल की रोटियों की दुकानें सजाकर सड़क के किनारे या मन्दिर के अहातों में बैठ जाती हैं। विवाहोत्सुक युवक आकर उनके आसपास चक्कर लगाने लगते हैं। लड़के-लड़कियों में बातचीत होती है और लड़कियां अपना मनपसन्द वर चुन लेती हैं। ऐसे विवाहों में माता-पिता हस्तक्षेप नहीं करते। सुहागरात के बाद लड़की चाहे, तो अपने मायके रह सकती है, चाहे तो पति के पास।

परन्तु विधवाएं या परित्यक्ताएं ऐसे स्वयंवर में भाग नहीं ले सकतीं।

सच तो यह है कि ऐसी युवतियों की शादी में काफी अड़चनें आती हैं। प्रायः उनके पूर्वपति के कुल वाले दहेज मांगते हैं। श्वसुर अपनी विधवा पुत्रवधु को उत्तराधिकार में मिली सम्पत्ति मानते हैं।

जब कभी माता-पिता की रुचि के अनुसार शादी होती है, तो शादी की एक विशेष रस्म के पूर्व लड़की को कपड़ों की तह में लपेट दिया जाता है। हर कपड़ा उतारने के लिए वर-पक्ष को पैसे देने पड़ते हैं। इस तरह जितने कपड़े लिपटे हों, उतनी अधिक 'वधू-दक्षिणा' लड़की वालों को मिलती है। बालीद्वीप की युवतियों का जीवन विवाह के बाद रसहीन हो जाता है। वे तब कान में कर्णफूल और बालियां नहीं धारण कर सकतीं, न भड़कीले रंग के कपड़े पहन सकती हैं। शीघ्र ही वे फूहड़ बन जाती हैं। बाली के पुरुष जितने अच्छे प्रेमी होते हैं, उतने ही निकम्मे पति भी।

हमारे पड़ोसी देश बर्मा के बारे में कहा जाता है कि वह मुस्कराती युवतियों का देश है और इस देश की युवतियों की शादी चुनाव-प्रथा से होती है, मां-बाप के निर्णय से नहीं। फिर भी बर्मी लोगों का दाम्पत्य जीवन स्वस्थ और प्रेममय होता है। सगाई से पहले नवयुवक और नवयुवती का मन मिलना आवश्यक है। इसकी सूचना वे दोनों किसी दिन, अचानक घर से बाहर निकल कर दे देते हैं। मां-बाप इस सूचना का मतलब खूब समझते हैं और उन्हें वापस बुलाकर विवाह-सूत्र में आबद्ध कर देते हैं। वहां जात-पात, ऊंच-नीच अथवा और किसी प्रकार का भेद-भाव विवाह-सम्बन्ध में रुकावट पैदा नहीं कर सकता। उसमें मुख्य बात मन मिलने की है। मन मिलने पर मां-बाप की शोभा सहमत होने ही में समझी जाती है, पर यदि किसी कारण वे सहमत न हों, तो विवाह रुक सकता है।

सिंगापुर के पूर्व में 25 मील की दूरी पर स्थित **मलाया** का एक द्वीप है, **बोर्नियो**। यह द्वीप संसार का सबसे बड़ा तीसरा द्वीप है जिसका क्षेत्रफल 29 हज़ार वर्गमील है। सघन वनों से घिरे इस विस्तृत क्षेत्र में एक जाति रहती है, **ड्याक**। ये 'नरमुंड के शिकारी' कहे जाते हैं। नरमुंड का शिकार करनेवाले ड्याक आदिवासी निरे जंगली नहीं हैं, बल्कि एक मर्यादित सामाजिक व्यवस्था में रहनेवाले सामाजिक लोग भी हैं। उनका अपना एक 'कबीला' होता है।

कबीले का घर 'बाग' कहलाता है, जिसमें प्रत्येक परिवार में रहने के लिए अलग-अलग मकान होते हैं। प्रधान का मकान अलग होता है, जो काठ की चीज़ों से सजा रहता है।

ड्याक स्त्रियों को पुरुषों से अधिक काम करना पड़ता है, पर उन्हें स्वतन्त्रता भी उतनी ही रहती है। एक पत्नी का रिवाज होने पर भी हर स्त्री परपुरुष से खुलकर मज़ाक कर सकती है। स्त्री ही अपने प्रेमी को नरमुंड के शिकार के लिए प्रेरणा देती है और शादी के रूमानी अवसर पर भी ताज़े खून से नहाने की कामना करती है। ड्याक लोगों के लिए विवाह कोई महत्त्वपूर्ण घटना नहीं है। यदि उसकी कोई विशेषता है, तो केवल इतनी कि पति की ओर से पत्नी के परिवार को घड़ियाल भेंट किया जाता है। वास्तव में वही पत्नी की कीमत है। विवाह के विषय में वे पूर्ण स्वतंत्र हैं। कबीले के घर बांग में ड्याक युवक अपनी प्रेमिका चुन लेता है। पान-सुपारी का बीड़ा कामदेव का पार्ट अदा करता है। यवक जिस लड़की से प्रेम करता है, रात में उसके पास जाकर उसकी हथेलियों को सहलाते हुए पान का बीड़ा भेंट करता है। यदि उसकी प्रेमिका उसे स्वीकार कर लेती है, तो प्रेमलीला प्रकट रूप से होने लगती है। पास के सभी लोग आंख और कान बन्द कर लेते हैं। कई रात तक प्रेम-क्रीड़ा चलती है और मुखिया की सहमति से वे दोनों विवाह-सूत्र में बंध जाते हैं। कभी-कभी बच्चों के माता-पिता भी उनकी शादी कर देते हैं। कभी वृद्ध पुरुष भी नाबालिग लड़की से विवाह कर सकता है।

संडा द्वीप में विवाह से पूर्व कन्या-पक्ष वाले तीन दिन तक अपने सम्बन्धियों और मित्रों को दावतें देते हैं। तीसरे दिन रात्रि के समय कन्या की हजामत बनाई जाती है। इसके बाद ही वर अपने मित्रों को साथ लेकर वधू के घर जाता है। एक आसन पर वर-वधू दोनों को बिठा दिया जाता है। घर की वृद्धा इन दोनों के चरणों पर मस्तक झुकाती है। और अपनी सहमति प्रकट करती है। इसी समय वर वधू को कुछ उपहार देता है। विवाह के दूसरे दिन वर अपने घर लौट जाता है। तीसरे दिन सुहागरात मनाई जाती है। विवाह के एक माह बाद वर अपना घर छोड़ देता है और स्थायी रूप से ससुराल में रहने

लगता है। यहां पर अमीर व्यक्ति कई पत्नियों को रख सकता है और थोड़े-थोड़े दिन उसे प्रत्येक पत्नी के पास रहना होता है।

न्यूफाउण्डलैण्ड में जब कन्या विवाह के योग्य हो जाती है, तो एक पिंजड़े में बन्द कर देते हैं। प्राय: कई कन्याएं अलग-अलग पिंजड़ों में बन्द करके आमने-सामने रख दी जाती हैं। एक वृद्धा उनकी निगरानी करती है। यह प्रथा अमीरों में है। ग़रीबों की कन्याएं तो अपने वक्षस्थल पर एक झालर डाले रखती हैं, जो उनके विवाहित होने का चिह्न है। पिंजड़े की कन्याएं अक्सर बीमार हो जाती हैं, फिर भी वे इस वेदना से मुक्ति नहीं पा सकतीं।

कुलीन वंश की कन्याओं का विवाह उनके उत्पन्न होते ही कर दिया जाता है। कभी-कभी जन्म लेने के पूर्व ही उनकी सगाई कर दी जाती है। जिसके यहां पुत्र उत्पन्न होता है, वह किसी गर्भिणी स्त्री से शर्त कर लेता है कि यदि उसके कन्या हुई, तो उसका विवाह वह अपने पूत्र से ही करेगी।

अवोबा में यह प्रथा है कि आम तौर पर पुरूष किसी वृद्धा से विवाह करता है। अक्सर यह भी होता है कि उसकी पत्नी के साथ पत्नी की कुछ रिश्तेदार आ जाती हैं। वह उनको चाहे जिसे दे सकती है।

न्यू कैलीडोनिया में वर को चुनने का कार्य कन्या करती है। वहां स्वयंवर की-सी प्रथा है। कन्या के सामने 20-25 लड़के एक कतार में खड़े हो जाते हैं। वे अपने हाथों में नारियल-गिरी का एक टुकड़ा रख लेते हैं। जिस किसी का टुकड़ा कन्या खा ले, उसीसे उसका विवाह हो जाता है। वर-पक्ष वाले कन्या-पक्ष वालों को एक मोटी रकम दहेज में देते हैं।

क्षेत्रफल में **बेल्जियम** से भी बड़ा और लगभग **हालैंड** जैसा, **भारत** का **बस्तर** जिला अपनी प्राकृतिक सुषमा, खनिज भण्डार और अपनी विशिष्ट आदिम संस्कृति के लिए न केवल भारत वरन् विदेशों में भी विख्यात है। इसी क्षेत्र में निवास करती है भारत की एक आदिम-जाति, माड़िया । इनके यहां काकसार' नामक एक ऐसा पर्व होता है, जिसकी प्रतीक्षा इस क्षेत्र के युवक तथा युवतियां वर्ष-भर करते हैं। 'काकसार' एक ऐसा पर्व है, जिसमें प्रेमी तथा प्रेमिकाओं का उन्मुक्त मिलन होता

है। इसी अवसर पर कई अपरिचित तथा अजनबी युवक-युवती निकट आकर एक-दूसरे को पसंद करते हैं और उनके बीच भविष्य में सुदृढ़ होने वाले प्रेम की नींव पड़ती है। यहीं पर अधिकांश विवाहों की भूमिका बनती है और लगभग 90 प्रतिशत दाम्पत्य जीवन का सूत्रपात भी यहीं से होता है।

'काकसार' पर्व चांदनी रात में मनाया जाता है। इसकी सबसे बड़ी विशेषता तथा विचित्रता यही है कि इस अवसर पर वहां आकर्षण का केन्द्र युवक होता है, युवती नहीं, क्योंकि हर नवयुवक अपने को सज़ाने में एक-दूसरे से होड़ लेता है। नृत्य के दौरान प्रत्येक नर्तक इसी बात के लिए प्रयत्नशील रहता है कि ज़्यादा से ज़्यादा आकर्षक वही दिखे ताकि युवती ही आकर्षित होकर नाच के लिए उसके साथ की कामना करे।

पहले नर्तकों का दल अर्द्धचन्द्राकार घेरा बनाकर नाचता है, युवतियां उनसे अलग थोड़ी दूर पर नाचती हैं। लेकिन कुछ देर बाद एक-एक करके युवतियां छिटककर युवकों के पास खिंचती चली जाती हैं। उनके बीच नृत्य का सिलसिला सारी रात उसी एक गति व उत्साह से चलता रहता है। बीच-बीच में अवश्य एक-एक करके कुछ जोड़े झाड़ियों की ओट में चले जाते हैं।... 'काकसार' पर्व में युवक-युवती का यही परिचय तथा उन्मुक्त मिलन आगे चलकर विवाह में परिणत हो जाता है। कई बार युवक युवती को सीधे अपने घर ले जाता है और ऐसी परिस्थिति में 'एक-देसीना' नामक एक विशेष प्रकार का ब्याह होता है। इसमें वर-वधू दोनों छप्पर के नीचे खड़े कर दिए जाते हैं और ऊपर से इनके सिरों पर जल उलीचकर उन्हें परिवार में पति-पत्नी की तरह स्वीकार किया जाता है।

पूर्व **सोवियत संघ** के **उज़बेकों, अज़र्बेजानियनों, काकेशस** के पार्वत्यों, **आर्मेनियनों** और **ज्योर्जियनों** में युगों पुरानी विवाह-सम्बन्धी रस्मो-रिवाज अब अतीत के गर्भ में समा गए हैं। वह समय कभी का गुज़र चुका है जब माता-पिता ही युवती कन्या और युवा पुरुष के भाग्य का निर्णय करते थे। लड़के और लड़की को न तो उसका ज्ञान ही होता था और न उनकी स्वीकृति ही ली जाती थी।

आज युवक अपने भाग्य के खुद मालिक हैं, किन्तु इसका यह अर्थ नहीं कि माता-पिता बिलकुल अलग रहते हैं और वे नये परिवार में किसी तरह की दिलचस्पी नहीं लेते। प्रेमी के सम्बन्धी लड़की के घर आते हैं। लड़की के माता-पिता तथा अन्य सम्बन्धी अतिथियों का आदर के साथ स्वागत करते हैं। अतिथियों में जो सबसे अधिक आयुवाला और सम्माननीय व्यक्ति होता है, वह एक परम्परागत अलंकारपूर्ण कहानी कहता है।—

'हमारे और आपके वृक्षों पर दो कबूतर चैन से बैठे थे। तेज़ हवा का एक झोंका आया, जिससे पेड़ हिल उठे। कबूतरों की शांति भंग हो गई। वे पेड़ छोड़कर उड़े और एक नये घोंसले को आजाद करने चले गए।'

यदि लड़की के माता-पिता प्रेमी से परिचित नहीं, तो अतिथिगण उसका परिचय कराते हैं। आजकल तो खासकर गांवों में सार्वजनिक संगठन भी युवाजनों के भविष्य में रुचि लेने लगे हैं। बहुत-से विवाह सहकारी फर्मों के व्यय से सम्पन्न होते हैं और उत्सव में सारा का सारा गांव भाग लेता है।

विवाह के उत्सव बहुत रंगीनी लिए और विविधतापूर्ण होते हैं। शुरू में रजिस्ट्रार के कार्यालय में विवाह-सम्बन्धी लिखा-पढ़ी होती है। बाद में यदि विवाहित दम्पति चाहें, तो शादी की रस्में चर्च, मस्जिद अथवा अन्य धर्मों की प्रथाओं के अनुसार पूरी की जा सकती हैं। उसके बाद उपहारों तथा नाच-गाने के कार्यक्रम आरम्भ होते हैं।

जब वधू वर के घर की देहली पर पैर रखती है, उस अवसर को विशेष महत्त्व दिया जाता है, क्योंकि भविष्य में वधू का यही अपना घर होता है (बशर्ते कि युवा दम्पति वधू के माता-पिता के यहां ही न रहने लगे)। यह प्राचीन प्रथा है, जिसका कहीं भी उल्लंघन नहीं किया जाता।

यहां बारात दूल्हे के घर जाती है। दूल्हा, दुल्हिन तथा उनके अन्य सम्बन्धी बारात के आगे-आगे चलते हैं। उधर दूल्हे के माता-पिता उनके स्वागत के लिए घर से बाहर आते हैं। उनके हाथ में एक 'ट्रे' रहती है, जिसमें परम्परा के अनुसार रोटी और नमक़ रखे होते हैं। जिस व्यक्ति को वे विशेष

रूप से सत्कार के योग्य समझते हैं, उसका रोटी और नमक से स्वागत किया जाता है, जो परिवार में शान्ति और समृद्धि के प्रतीक हैं।

रूस की कुछ जातियों में दूल्हा और दुल्हिन केवल विशेष अनुमति प्राप्त करके ही विवाहोत्सव में नृत्य कर सकते हैं। भोज के समय वे बहुत कम बोलते हैं, जबकि दूल्हे और दुलहिन के मित्र बातचीत, गाने, नाचने और मजाक करने में स्वतंत्र रहते हैं। रस्म-रिवाज हर चीज़ में वर और वधू के अधिकारों पर अंकुश रखते हैं। उन्हें विवाह के समय बड़े संयम से रहना पड़ता है और बड़ों के प्रति विशेष आदर का भाव प्रदर्शित करना होता है।

यूरोप के एक छोटे-से गणतंत्र हंगरी के बारे में कहा जाता है कि वह कलाकारों का देश है। स्वभावत: कलाकार लोग भावुक किस्म के होते हैं और इसीलिए कोई भी हंगेरियन युवक किसी भी नारी के प्रति आकृष्ट होकर, उससे अपना प्रेम-निवेदन करने को स्वतंत्र है। इस प्रकार वहीं कन्याओं को वर मिलने में कोई कठिनाई नहीं होती। ऐसा भी कहा जाता है कि हंगेरियनों की भांति हर तरह के दिलफेंक प्रेम करनेवाले युवक संसार में शायद ही कहीं मिलें।

हंगरी के कई गांवों में पति की तलाश में निकलने की भी प्रथा है। किसी ख़ास दिन गांव की कुछ कुमारियां एक हाथ में फूल और दूसरे हाथ में भोजन की सामग्री लेकर पास के खेत में जाती हैं। वहां स्वयं अपने हाथ से भोजन बनाकर वे अपने मनपसन्द युवक को खिलाती हैं। जब वह युवक खा-पीकर तृप्त हो जाता है, तब यदि उसकी इच्छा होती है, तो वह मीठी रोटी का एक टुकड़ा लड़की को दे देता है। इस क्रिया से यह स्पष्ट हो जाता है कि लड़के को लड़की पसन्द आ गई है। इसके बाद दोनों में विवाह की बात पक्की हो जाती है।

ब्याह-शादी की पोशाके

मांग में लाल सिन्दूर माथे पर लाल कुंकुम की बिंदिया, नाक में लाल मोती जड़ा सोने का नथ, होंठों पर पान की लाली, शरीर पर लाल बनारसी साड़ी, पैरों में लाल महावर और ज़रीदार चप्पल, शर्म से लाल होती भारतीय नववधू जब अपने दूल्हे के साथ विवाह-मंडप में उपस्थित जनसमूह के बीच खड़ी होती है, तब उसका यह सलोना रूप मन को कितना भाता है। उस युगल जोड़ी को देखकर आंखें मानो निहाल हो जाती हैं। सर्वांग लाल होती हुई नववधू का दूल्हा लाल पगड़ी बांधे, लाल मोज़े पर लाल मखमली कामदार जूता पहने जब अपनी नई-नवेली दुलहन को देखता है, तो उसे ऐसा आभास होता है कि जीवन में अब उसका भी कोई महत्त्वपूर्ण स्थान है। वधू की लाली को निहारकार उसमें एक नई स्फूर्ति और उत्साह का संचार होता है और वह सोचता है कि दुलहन की इस लाली की रक्षा अब मुझे ही करनी है। दूसरी ओर मनचाहा पति पाकर नववधू के अंग-अंग से पति का गौरव मानो लाली बनकर फूट पड़ता है।

तो यह है भारत के विभिन्न राज्यों में विवाह के अवसर पर पहनी

जानेवाली पोशाक की एक झांकी। अक्सर यह देखा गया है कि विवाह के अवसर पर वर तथा वधू अपने वस्त्र भड़कीले तथा बहुमूल्य पहनते हैं। वर की अपेक्षा वधू के वस्त्र कहीं अधिक मूल्यवान होते हैं। देश-विदेश में जैसे विवाह के विचित्र तौर-तरीके प्रचलित हैं, वैसे ही विवाह के अवसर पर पहने जानेवाले वस्त्रों की भी अपनी विचित्रताएं हैं। कहीं लाल रंग शुभ माना जाता है, तो कहीं काला, कहीं नीला, तो कहीं सफेद। कहीं वधू डाक-टिकट लगे गाउन पहनकर वाह-वाही लूटती है, तो कहीं चिड़ियों के पर लगे जूते पहनकर।

प्रायः सब ही जातियों में विवाह के अवसर पर पहनने वाले वस्त्र एक विशेषता रखते हैं और वे शुभ कामना के प्रतीक भी होते हैं, किन्तु कभी-कभी यह भी देखने में आता है कि परम्परागत पोशाकों को तिलांजलि देकर वधू अपनी शादी के लिए ऐसी विचित्र पोशाकों को बनवाती है, जिसे देख-सुनकर हमें आश्चर्यचकित रह जाना पड़ता है। यहां हम आपको विवाह के अवसर पर पहने जानेवाले एक ऐसे गाउन के विषय में बताएंगे, जो डिजाइन में बिलकुल अनोखा था और वैसा गाउन संभवतः शायद ही और किसी वधु ने पहना हो।

इस बात को अब साठ वर्ष से भी कुछ अधिक हो चुके हैं। **अमरीका** के **बाल्टीमोर** नगर में विवाह के अवसर पर एक अमरीकी वधू ने एक ऐसा गाउन पहना था, जिसपर तीस हजार डाक-टिकट लगे हुए थे। उन डाक-टिकटों में संसार के प्राय: सभी देशों के टिकट थे। इन टिकटों को रंग और डिजाइन के अनुसार छांटने में कई महीनों का समय लगा था। गाउन में टिकट इस प्रकार टांके गए थे कि बीच में एक बाज़ की आकृति बनी और उसके चारों ओर नीले रंग के टिकटों से ग्लोब बनाया गया। इस ग्लोब के ऊपर अमरीका का राष्ट्रीय ध्वज बनाया गया। यह सब चित्रकारी टिकटों से की गई थी।

डाक-टिकटों का गाउन पहने उस अमरीकी वधू का चित्र उस समय कई अखबारों में प्रकाशित हुआ था और वधू की इस अनोखी सूझ पर बहुत-से लोगों ने दाद दी थी।

उत्तर भारत में प्रायः साधारण परिवार की वधू विवाह के अवसर पर लाल वस्त्र पहनना ही शुभ मानती है। **कुमाऊं** में विवाह के समय वधू को सुत,

घागुले (चांदी के कड़े), नथ, पहुंची, आरसी, मुनड़े (कानों के आभूषण), गुलूबन्द, चरयो (मंगल-सूत्र) आदि पहनाए जाते हैं। वस्त्र के नाम पर वधू को घाघरा पहनाया जाता है, जिसमें काफी खर्च किया जाता है। कुमाऊं में वधू के अतिरिक्त वर को भी आभूषण पहनाए जाते हैं। वर के आभूषणों में घागुले, सुत, आरसी आदि पहनाकर कृष्ण का अवतार माना जाता है।

राजस्थान में विवाह के अवसर पर कन्या के लिए उसका मामा विशेष वस्त्र बनवाकर लाता है, जिसमें रेशमी घाघरा, चुनरी, दुपट्टा और चोली होती है। शादी के अवसर पर वधू द्वारा पहना जानेवाला घाघरा कम से कम बीस-तीस गज़ कपड़े से तैयार किया जाता है। घाघरा, दुपट्टा और चोली पर ज़री का काम किया होता है। मामा के लाए वस्त्र को शुभ माना जाता है। धनी परिवारों में मामा की ओर से कन्या के विवाह के अवसर पर दिए जाने वाले वस्त्र में काफी खर्च किया जाता है। दूल्हे का मामा एक विशेष किस्म की पगड़ी लाता है, जिसे पहनकर दूल्हा वधू के घर जाता है।

विवाह के अवसर पर **बर्मा** में क्या पुरुष और क्या स्त्रियां, दोनों रंग-बिरंगे कपड़े पहनते हैं। पैरों में उनके जूते चाहे न हों, पर सिर से पैर तक अनेक रंगों के कपड़े ज़रूर पहनेंगे। विवाह के अवसर पर उनका मुख्य पहनावा जाकेट और लौंजी होता है। लौंजी कई-कई गज़ की और अक्सर वह रेशमी होती है। **मद्रासी** लुंगी की तरह वह बांधी जाती है। विवाह के अवसर पर बर्मी स्त्रियों व पुरुषों के पहनावे में कोई विशेष अन्तर नहीं होता। फर्क सिर्फ इतना होता है कि स्त्रियों की लौंजी अधिक लम्बी होती है और वह शरीर से सटाकर पहनी जाती है। बदन में स्त्री-पुरुष दोनों सफेद रंग के पतले मलमल की पूरी बांहों की बंडी पहनते हैं, जिसे 'ऐजी' कहते हैं। यदि बम पुरुष सिर पर रूमाल न बांधे और स्त्रियां विशेष ढंग का जूड़ा न करें, तो दोनों में पहचान करना कठिन हो जाए, क्योंकि बर्मी पुरुषों के दाढ़ी-मूंछे नहीं होतीं।

इण्डोनेशिया में विवाह के अवसर पर 'क्रिस' (एक प्रकार की कटार) पहनना आवश्यक होता है। समाज में किसका कितना मान है। यह उसकी क्रिस से ही पता चल जाता है। ज़्यादा हैसियत के लोग तो दो-दो, तीन-तीन

क्रिस पहना करते हैं। क्रिस कई तरह की होती है। किसी की मूठ पर हिन्दू देवी-देवताओं के चित्र या पौराणिक कथाओं के चित्र खुदे रहते हैं, किन्हीं की मूठ पर सादा काम रहता है। इण्डोनेशिया के लोगों का यह विश्वास है कि क्रिस में उनके तमाम कष्टों को दूर करने की शक्ति होती है। इसीलिए विवाह के अवसर पर खास तरह की रीतियों से क्रिस की पूजा की जाती है। जिस क्रिस की पूजा की जाती है, उसे एक खास कपडे से बनाई गई खोल में रखा जाता है। इस कपडे का नाम है, जेसिंब।

क्रिस का सामाजिक महत्त्व तो है ही पर असली बात तो यह है कि वह लड़ाई का एक पैना हथियार है। अभी भी अपनी रक्षा के लिए लोग इसे इस्तेमाल में लाते हैं।

जापान में विवाह के अवसर पर पुरुषों और स्त्रियों की पोशाक लगभग एक ही जैसी होती है। दोनों ही 'किमोनो' पहनते हैं जिसका कपड़ा भड़कीले रंगों वाला और आम तौर पर रेशमी होता है। स्त्रियां अपने किमोनो पर कमर

के चारों ओर एक सेला लपेटे रहती हैं, जिसे 'ओबी' कहते हैं। यह ओबी काफी रंग-बिरंगी होती है और उसपर कारचोबी का काम भी किया रहता है। वैसे आजकल विवाह के अवसर पर जापान के अधिकांश स्त्री-पुरुष दोनों ही यूरोपियन पोशाक पहनने लगे हैं।

हंगरी की महिलाएं विवाह के अवसर पर जिस तरह की पोशाकों से अपने को संवारती हैं, उसे देखकर ऐसा कहा जाता है कि, मानो वे अपनी शादी के उत्सव में शामिल होने नहीं, बल्कि किसी कपड़े की दुकान के 'शो-केस' में खड़ी होने जा रही हों। हंगरी की महिलाएं कितनी परिश्रमी होती हैं, यह बात उनकी पोशाकों को देखकर समझी जा सकती हैं। शादी की पोशाक पर बेल-बूटे काढ़ने में वे अपनी सारी शक्ति खर्च कर देती हैं और इस एक कार्य में उनकी सारी कलाप्रियता स्पष्ट हो जाती है। बेंत की टोपी, ऊपर रेशमी झालर, बेल-बूटेदार घाघरा, आधी बांह या पूरी बांह की शमीज़ के ऊपर से जॉकेट, वहां शादी के अवसर का मुख्य पहनावा है।

अमरीका में जून के महीने में विवाहों की धूम मची रहती है। विवाह सादगी-भरे या वैभवपूर्ण दोनों तरह से होते हैं। वधू प्राचीन प्रथा के अनुसार इस अवसर पर सफ़ेद चोगे पहनती है, पर कुछ वर्षो से नीले या हलके लाल रंग के चोगे भी बनने लगे हैं। यह चोगा चाहे रोशमी हो या कसीदेदार, मलमल का बना हुआ हो या किसी अन्य कपड़े का, यदि वह सफ़ेद धागे का बना हुआ हो, तो अधिक सुन्दर माना जाता है। वधू के वस्त्र चाहे सादे या मोतियों से लदे हुए हों, इसका विशेष ध्यान रखा जाता है। जिस वस्त्र को वधू और उसकी मां तैयार करती हैं, उसे पहनकर वह शपथ लेने की विधि में भाग लेती है।

भारत में साधारण परिवार की वधू विवाह के अवसर पर लाल वस्त्र पहनना सुहाग का लक्षण समझती है। **चीन** और **अरमेनिया** में भी लाल रंग का कपड़ा विवाह के अवसर पर पहना जाता है। किसी-किसी देश में काले वस्त्र भी शुभ तथा पवित्र माने जाते हैं। इंगलैंड में विवाह के अवसर पर कन्या के सम्पूर्ण वस्त्र श्वेत रंग के होते हैं तथा सिर पर घूंघट के समान एक पर्दा पड़ा रहता है। वहां पर ज़ेवरों का बहुत कम चलन है। हां, कपड़ा अवश्य मूल्यवान पहना जाता है।

अरमेनिया तथा **लेबनान** में अब भी थोड़ी घूंघट की प्रथा प्रचलित है। विवाह के अवसर पर टोपी, मुकुट आदि भी पहने जाते हैं। विवाह के अवसर पर यहां दूल्हा-दुलहन के मस्तक को विशेष रूप से सजाया जाता है। इस अवसर पर पहने जाने वाले मुकुट की शोभा देखते ही बनती है। ललाट पर कई तरह की चित्रकारी की जाती है। यह सौभाग्य का चिह्न समझा जाता है।

नार्वे में विवाह के अवसर पर वस्त्रों की ओर उतना ध्यान नहीं देते जितना मुकुट की ओर दिया जाता है। विवाह के अवसर पर पहने जाने वाले मुकुटों को गिरजाघर से किराये पर मंगा लिया जाता है, तब कहीं विवाह की रस्म पूरी होती है। ये मुकुट बहुमूल्य रत्नों से जटित होते हैं। वहां के लोगों ने इस मुकुट का नाम 'सतीत्व का प्रतीक' रखा है। अमीर घरानों में वस्त्र भी सौन्दर्य में चार चांद लगा देने वाले पहने जाते हैं। ऐसे वस्त्रों का रंग काला होता है।

विवाह के अवसर पर यह देखा जाता है कि वर बारात लेकर वधू के

घर जाता है, किन्तु लेबनान में यह प्रथा बिल्कुल उलटी है। कन्या-पक्ष वाले अपने संबन्धियों सहित वर के घर जाते हैं। वधू काले ल्बादे में लिपटी एक पालकी में बैठी रहती है। पालकी में चारों ओर काले और लाल रंग का पर्दा लटका रहता है।

मोरक्को में पर्दे की प्रथा यहां तक प्रचलित है कि विवाह के अवसर पर वधू को एक बड़े बक्स में बिठाकर वर के घर भेजते हैं। कोई भी वधू के वस्त्र न देखे, इस बात का ध्यान रखा जाता है। यदि किसी की दृष्टि वधू के वस्त्रों पर चली गई तो विवाह को शुभ नहीं समझा जाता। **डेनिश** लोग विवाह के अवसर पर वधू के सिर पर सफेद रंग की एक लम्बी टोपी पहना देते हैं।

रूस में वधू के लिए नीले तथा सफ़ेद रंग के वस्त्र विवाह के अवसर पर पहनाए जाते हैं। ये वस्त्र कीमती होते हैं जो केवल शादी के अवसर पर ही पहने जाते हैं।

टर्की मिस्र और **अरब** देशों में मुसलमानों की प्रधानता है। वहां वधू को सिर से पांव तक रेशमी सफेद वस्त्रों से ढक देते हैं। ये वस्त्र वधू के लिए वर-परिवार की ओर से भेंट किए जाते हैं। ऐसे वस्त्रों में वधू के लिए चुस्त पायजामा, घाघरा और विशेष किस्म का ब्लाउज़ होता है। सिर्फ 'बुर्का' ही काले रेशमी वस्त्रों का बना होता है बाक़ी अन्य वस्त्र सफेद रेशमी कपड़ों के बने होते हैं।

फ्रांस में भी वधू के लिए श्वेत वस्त्र पहनना सौभाग्य का प्रतीक माना जाता है। लेकिन **जर्मनी** में काले सिल्क के वस्त्र पहने जाते हैं। लोगों का ऐसा विश्वास है कि वधू के जूते का रंग लाल होना चाहिए। जिसमें विभिन्न प्रकार के पक्षियों के पर लगाए जाते हैं।

स्वीडन में विवाह के अवसर पर जूते के अन्दर एक चांदी की मुद्रा डाली दी जाती है। यह इसलिए किया जाता है कि वैवाहिक जीवन में उन्हें रुपयों की कमी न रहे। उसी समय घर की स्त्रियां वधू के सिर पर लाल रंग का पानी डालती हैं जिससे वधू के कपड़े लाल हो जाते हैं।

तलाक के अनोखे तौर-तरीके

परिवार की उपत्ति की व्याख्या में कई विद्वानों ने यह सिद्ध किया है। कि इन्द्रियसुख की ईर्ष्या ने ही सबसे पहले समूह से हटकर स्त्री-पुरुष को एक साथ रहने के लिए बाध्य किया। उस आदिकाल में वही पहला परिवार कहा जा सकता है। संभवत: इसी कारण को लेकर विश्व के अधिकांश भागों में तलाक का जो मुख्य एवं एकमात्र कारण था, वह था पत्नी की चरित्रहीनता, क्योंकि इन्द्रियभोग की ईर्ष्या से ही पुरूष ने यह सम्बन्ध स्थापित किया था। वह नहीं चाहता था कि किसी प्रकार अपनी पत्नी पर से उसका एकाधिकार समाप्त हो। मनोवैज्ञानिक आधार के होते हुए भी एकमात्र यही सम्बन्ध-विच्छेद का कारण नहीं था। डॉ. रीवर के अनुसार कई आदिम जातियों में तलाक देने के दो ही सामान्य आधार थे। पहला आधार था, यदि स्त्री फूहड़ या मूर्ख हो और दूसरा यह कि वह काम न करती हो। परपुरूषगमन को तलाक का कारण नहीं बताया जाता था।

असम की **मोरन** जाति में किसी स्त्री को केवल उसी स्थिति में त्यागा जा सकता है, जबकि वह अपनी जाति से किसी नीची जाति के पुरुष के

साथ संभोग कराए। कहीं-कहीं तो संतान-विहीन होने की स्थिति में पत्नी को उसकी उस बहिन से बदल लिया जाया करता है, जो शादी योग्य हो गई हो। किन्तु नामर्द होने की स्थिति में पति को छोड़ने का पूर्ण अधिकार पत्नी को है।

असम की **खासी** पहाड़ियों के अंचल में रहने वाले **खासी** लोगों में तलाक एक सामान्य प्रथा ही नहीं, बल्कि तलाक लेना आसान भी है। उन लोगों के बीच तलाक एक आपसी समझौता-सा होता है। तलाक के लिए कुछ शर्तें ज़रूरी होती हैं, जैसे तलाक लिया हुआ व्यक्ति उसी गोत्र में ब्याह नहीं कर सकता, जिसमें वह पहले ब्याह कर चुका है। अगर स्त्री गर्भवती हो, तो वह तलाक की अधिकारिणी नहीं होती। सामान्य स्थिति में तलाक के अवसर पर दोनों पक्षों के प्रतिनिधि शामिल होते हैं। हर पक्ष के लोग पांच-पांच रुपये निकालकर आगे रखते हैं। स्त्री अपने पक्ष के पांच रुपये पति को देती है। पति उसमें अपने पांच रूपये रखकर पत्नी को लौटा देता है, जो उतना ही उन्हें मिलाकर फिर पति के वापस कर देती है। वह उन रुपयों को ज़मीन पर फेंक देता है। इसके बाद गांव का डुगडुगी वाला गांव में चिल्ला-चिल्ला कर सूचना देकर आता है, "सुनो गांव के लोगो, फलां मर्द और फलां औरत आज से जुदा हो गए हैं। जो लोग अभी तक शादीशुदा नहीं हैं, वे आएं और फलां औरत से प्रणय-याचना करें; और हे, कुंवारी लड़कियो, तुम लोग भी आओ और फलां मर्द को अपने प्रेम से मुग्ध करो...।"

विश्व की बहुत-सी जातियों में तलाक की प्रथा नहीं है। वे जीवनपर्यन्त पति-पत्नी के रूप में रहते हैं और केवल मृत्यु ही उन्हें एकदूसरे से अलग कर सकती है। जैसा कि **लंका** के **बेद्दरू** जाति के लोगों में एक कहावत प्रचलित है—'विवाहित दम्पत्ती से बच्चे की उत्पत्ति हो जाने पर तलाक का प्रश्न नहीं उठता।'

जिस तरह विवाह-संस्कार की अनेक विधियां और अनुष्ठान हैं, ठीक उसी प्रकार विवाह-सम्बन्धों के विच्छेदन के लिए भी अलग-अलग प्रथाएं हैं। यह भी निर्विवाद है कि जिस देश में और जिस जाति में विवाह की प्रथा जितनी ही सरल या जटिल है, वहां सम्बन्ध-विच्छेद की प्रक्रिया भी उतनी ही सरल या जटिल है। देश्-विदेश की कुछ जातियों में तलाक की ऐसी विचित्र

और मनोरंजक प्रथाएं हैं कि उनके बारे में जानकर आपको आश्चर्यचकित रह जाना पड़ेगा। प्रस्तुत निबंध में हम केवल तलाक-संबंधी विचित्र प्रथाओं का ही वर्णन करेंगे।

अमरीका के **रेड-इंडियनों** के केशबू कबीले की औरतें अपने पतियों की स्वामिनियां होती हैं, यानी यहां मातृ-सत्ता-प्रधान शासन-व्यवस्था है। यहां की औरतें अपने पतियों का आपस में, सामान्य बिक्री की वस्तुओं की तरह, लेन-देन भी करती रहती हैं। एक औरत के कई पति भी होते हैं और चार-चार, पांच-पांच पतियों वाली औरत किसी दूसरी का एक ही सुन्दर-स्वस्थ पति पसंद कर लेने पर, उस एक के बदले में अपने चार-पांच पति दे देती है और साथ ही बर्तन-वस्त्र आदि भी। यहां की औरतें प्रायः हर वर्ष एक सन्तान को जन्म देती हैं। यहां औरतें जितनी आसानी से विवाह कर लेती हैं, उतनी ही आसानी से अपने पति या पतियों को तलाक भी दे देती हैं। पुरुष भोर होते ही नावों में बैठकर शिकार करने निकल पड़ते हैं। वहां से लौटने पर उनका पहला काम यह होता है कि, वे अपनी-अपनी मच्छरदानी ढूंढे। जिसकी मच्छरदानी गायब पाई जाती है, उसके बारे में स्पष्ट हो जाता है कि, उसे उसकी पत्नी द्वारा तलाक दिया जा चुका है।

स्त्री और परुष दोनों परिवार के मूल हैं। नदी के दो तटों की भांति वे सहयुक्त हैं। दोनों के बीच में ही जीवन की धारा प्रवाहित होती है। दूसरे शब्दों में कहें, तो स्त्री वृत्त का व्यास है और पुरुष उसकी परिधि। जिस प्रकार वृत्त के व्यास को तिगुना करके परिधि बनती है, उसी प्रकार स्त्री के जीवन से गुणित होकर पुरुष का जीवन बनता है। यही गृहस्थ-जीवन का साम-संगीत है। लेकिन यह साम-संगीत परिवार में तभी तक गूंजता रहेगा, जब तक पति-पत्नी के बीच 63 का नाता है। अगर यह 63 का नाता किसी कारण से 36 में बदल जाए, तो जीवन का साम-संगीत भैरव-नाद में बदल जाए।

मेरे ऐसा कहने का आशय समझने के लिए एक बार आप गौर से 63 और 36 को देखिए। 6 और 3 जब तक 63 के रूप में एक-दूसरे के आमने-सामने हैं, तो देखने में कैसे भले लगते हैं! परन्तु अब इसे 36 बनाकर देखिए, एक का मुंह इधर, तो दूसरे का उधर। मानो दोनों एक-दूसरे से कह रहे

हों—'मेरा रास्ता अलग, तुम्हारा अलग...'। और तलाक के लिए ठीक यही तरीका अपनाया जाता है, अर्जेण्टाइना के **सरफेटा** कबीले के लेगों में। इसके लिए पति-पत्नी को 36 बनना पड़ता है।

इस कबीले के लोगों के तलाक़ की स्थिति आ जाने पर पति और पत्नी एक-दूसरे की ओर पीठ करके लगातार तीन दिन तक बैठे रहते हैं। शौचादि जाने पर उनके स्थान पर घास-पात के दो पुतले पति-पत्नी का स्थान ग्रहण करते हैं। इन तीन दिनों की अवधि में यदि पति पत्नी को तलाक दे रहा हो, तो पति को और पत्नी यदि पति को तलाक दे रही हो, तो पत्नी को अखंड उपवास करना पड़ता है। तलाक़ लेने वाला भोजन करता रहता है और तलाक देने वाला लार टपकाता और कुढ़ता रहता है। यदि तलाक देने वाला भोजन ग्रहण कर ले, तो आने वाले सात वर्षों तक तलाक स्थगित माना जाता है। तीन दिन की इस छत्तीसी (36) के बाद, तलाक देने वाली पत्नी अपने लिए दूसरा पुरुष ढूंढ़ने को स्वतंत्र हो जाती है, मगर मर्द को नई पत्नी खोजने के लिए कम से कम एक वर्ष तक प्रतीक्षा करनी पड़ती है।

मध्य बोर्नियो के जंगलों में **ड्याक** नाम की एक बहुत ही खूंख़ार जाति रहती है। ड्याक जाति के स्त्री-पुरुष प्रायः अर्धनग्न अवस्था में ही, जमीन से करीब बीस फुट ऊंचे मचान पर रहते हैं। इनकी जाति में जब किसी स्त्री को तलाक़ देना होता है, तो वह रात के अन्तिम भोजन में मुर्ग़ी का सिर रखकर पति को खाने को देती है। मुर्गी का सिर देखकर पुरुष यह समझ जाता है कि, अब यह मुझसे संबंध-विच्छेद करना चाहती है। अगर तलाक़ उसे मंज़ूर है, तो खाना खा लेता है और मुर्गी का सिर छोड़ देता है। सिर को ज़मीन पर देखकर स्त्री समझ लेती है कि तलाक़ की अनुमति मिल गई है और फिर रात के धुंधलके में वह उस मचानरूपी घर को छोड़कर निकल जाती है। अगर किसी पुरुष को अपनी पत्नी को तलाक़ देना हो, तो वह अपने सर की कंगूरानुमा टोपी मचान पर उलटी रख देता है। उस अवस्था में उसकी पत्नी उसका साथ छोड़

देती है और अंधेरा होते ही वह अन्यत्र चली जाती है। ये लोग चांदनी रात में कभी तलाक़ नहीं देते। तलाक़ देने के लिए अंधेरी रात की प्रतीक्षा करते हैं।

सुमात्रा द्वीप मलय प्रायद्वीप के दक्षिण-पश्चिम कोने पर स्थित है सुमात्रा में चार जातियां निवास करती हैं: उत्तरी सुमात्रा में **अचेहनी**, पूर्वी सुमात्रा में **बतक**, दक्षिणी सुमात्रा में **रीजांग** और पश्चिमी सुमात्र में **लैम्पांग**। अचेहनी जाति में तलाक देना बड़ी मामूली बात है। जब कोई पुरुष हाथ में तीन सुपारियां लेकर और उन्हें एक-एक करके अपनी पत्नी के हाथ पर रखे, साथ ही कहे, "एक तलाक़, दो तलाक़, तीन तलक़, आज से तू इस लोक में और परलोक में मेर बहिन के समान है", तो इसका अर्थ है कि उसने उस स्त्री को तलाक़ दिया। इसके बाद तलाक़ की सूचना मुखिया को दे दी जाती है।

तलाक़ से सुपारियों का इतना घनिष्ठ सम्बन्ध है कि प्राय: पति से अनबन हो जाने पर पत्नी कहा करती है, "मेरी-तुम्हारी अब नहीं निभ सकती। बस, मुझे तीन सुपारियां दे दो।"

'तीन सुपारियां दे दो' का मतलब है कि तलाक़ दे दो।

सुपारी की चर्चा आते ही याद आती है, **नेपाल** की **नेवार** जाति, जिनके बारे में आप इस पुस्तक में पढ़ चुके हैं कि नेवारी लड़कियों की पहली शादी भगवान नारायण से होती है और वही उसका धर्मसंगत विवाह माना जाता है, किन्तु नेवारी लड़कियों के बड़ी हो जाने पर उनका किसी पुरुष वर के साथ विवाह तो अवश्य होता है, लेकिन यह धर्मनिरपेक्ष विवाह है। हिन्दू विवाह में वर-वधू का बंधन पति के मरने के बाद भी नहीं टूट सकता, किन्तु नेवारी समाज में एक स्त्री अपने पति को तलाक़ दे सकती है। तलाक़ के लिए घर छोड़ते समय बिस्तर पर सुपारी के दो टुकड़े छोड़ने की अवश्यकता होती है। ऐसे अनेक उदाहरण पाए गए हैं, जिनमें कि पत्नी रोग से मरते हुए पति की छाती पर सुपारी रखकर तलाक़ सम्पन्न करती है। डॉ. ओल्डफ़ील्ड के अनुसार आज से करीब 80-90 साल पहले नेवार स्त्रियों को इतनी स्वतंत्रता थी कि वे जितनी बार चाहें उतनी बार अपने पति को बदल सकती थीं। चूंकि एक नेवार लड़की का असली विवाह नारायण से होता है, अत: उसका असली पति नारायण ही है जो कि अमर है। अत: मानवी पति के साथ उसका नाता तो केवल सांसारिक आवश्यकताओं के लिए होता है, धार्मिक आवश्यकताओं के लिए नहीं।

लद्दाख के निवासी लद्दाखी कहलाते हैं और बौद्धधर्म को मानते हैं। इनमें भी तलाक़ की प्रथा प्रचलित है। एक-दूसरे का आपस में स्वभाव न मिलने पर पति-पत्नी एक-दूसरे को तलाक़ दे सकते हैं। व्यभिचार को ये लोग बुरी दृष्टि से देखते हैं। व्यभिचारी पुरुष की पत्नी अपने पति का त्याग करके किसी अन्य पुरुष से विवाह कर लेती है। यों लद्दाख में परिवार का बड़ा भाई ही नवविवाहित दुल्हन का प्रधान पति होता है। यदि प्रमुख पति की मृत्यु हो जाए, तो स्त्री एक धागा बांधकर अर्थी के साथ-साथ चलती है। अगर वह रास्ते में धागा तोड़ दे तो समझ लिया जाता है कि वह स्त्री दूसरा विवाह करना चाहती

है। ऐसी स्थिति में वह अपना समस्त सामान लेकर अपने पिता के घर चली जाती है और बाद में अपना दूसरा विवाह कर लेती है।

देहरादून के उत्तर-पश्चिम में, जमना और टोंस नदियों के बीच, हिमालय के अंचल में स्थित क्षेत्र को जौनसार बाबर कहते हैं। जौनसार-परिवार में सभी पत्नियों के साथ विवाह केवल बड़े भाई का होता है। वही उसका प्रथम अधिकारी माना जाता है। पुनः वह अन्य सभी भाइयों की पत्नी मान ली जाती है। छोटे भाई द्वारा घर में किसी लड़की के लाने पर भी विवाह का अधिकारी बड़ा भाई ही रहता है। समस्त परिवार की सुख-शांति बड़े भाई और बड़ी पत्नी की सुयोग्यता पर निर्भर रहती है। जौनसारी स्त्री को यह अधिकार होता है कि वह अपनी इच्छानुसार पति-परिवार का त्याग कर दे। तलाक़ को यहां 'छूट' कहते हैं। पति भी उसे त्याग सकते हैं, परन्तु जब कोई स्त्री एक परिवार को छोड़कर दूसरे परिवार में जाती है, तो पहले परिवार को कुछ रक़म हरजाने के रूप में देनी पड़ती है। यह रकम बहुधा लड़की का पिता नये परिवार से सौदा करके वसूल करता है। तलाक़ एक बार नहीं, अनेक बार हो सकता है। तलाक़ देने पर स्त्री का अधिकार अपने पतियों की किसी भी सम्पत्ति पर नहीं रहता। यहां तक कि सन्तान पर भी उसका अधिकार नहीं रहता।

श्रृंगार करने की अनोखी प्रथाएं

सौन्दर्य-प्रसाधनों से अपने को अलंकृत करने की भावना प्रत्येक देश की नारी में स्वभावतः पाई जाती है। नाना प्रकार के वस्त्रालंकारों से अपने को विभूषित कर लोगों के लिए सुरुचिपूर्ण एवं चित्ताकर्षक बनने की एक विशेष प्रवृत्ति उसमें होती है। इसी प्रवृत्ति के फलस्वरूप भारत में सौंदर्यदेवी लक्ष्मी, रति आदि के स्वरूप की कल्पना की गई है। स्वकीय विग्रह को अलंकृत करने की प्रवत्ति में नर से नारी सदा अग्रणी रही है और वह इस दिशा में अनेक प्रसाधनों की स्रष्टा भी रही है। यही कारण है कि सौन्दर्य-प्रसाधनों के सृजन में सदा प्रतिस्पर्धा लगी रही है। समय-समय पर नये-नये आमरणों का परिवर्तन एवं आकार की संकीर्णता या वृद्धि भी होती रही है। नारी अपने अंगों को बाह्य अलंकारों से अलंकृत कर विश्व-विमोहिनी देवी बनने के लिए सदा उत्सुक रही है।

आज दुनिया के लाखों घरों में प्रकृतिदत्त सौन्दर्य की वृदि या प्रकृतिदत्त कुरूपता को कृत्रिम सौन्दर्य प्रसाधनों से कम करने का प्रयत्न बड़ी लगन के साथ चल रहा है। नारी की इस विशेष प्रवत्ति से लाभ उठाने के लिए संसार

के अधिकांश देशों में विशाल पैमाने पर सौन्दर्य-उद्योग खड़ा हो गया है। इन उद्योगों का स्वामी-संचालक प्रलोभनकारी नारों का प्रयोग करता है और वही संदेश, प्रिय संदेश, देता है, जो हर नारी सुनने को विकल रहती है, "तुम भी सुन्दर बन सकती हो।" प्रसाधन उद्योग समिति के एक प्रवक्ता ने अभी हाल में ही कहा था, "यह धारणाओं एवं कल्पनाओं का उद्योग है और हम जो चीज बेच रहे हैं, वह है आश।"

शरीर का सौन्दर्य बढ़ाने के लिए आज के युग में जिस तरह विभिन्न प्रकार की वस्तुओं का उत्पादन बढ़ रहा है, ठीक उसी तरह महिलाओं में सुन्दर दिखने के लिए नित नए-नए फैशन का प्रचलन भी बढ़ता जा रहा है; पर कई देशों की नारियों में युगों पुराना फ़ैशन अब भी प्रचलित है, बल्कि किसी-किसी देश की नारियों के बाल संवारने के ढंग, गले, छाती एवं बांहों में हड्डियों एवं अन्य दूसरी वस्तुओं से बने गहनों को धारण करते देख उनकी अद्भुत श्रृंगारप्रियता पर हमें आश्चर्य होता है। अनेक कष्ट सहकर भी वे अपने शरीर के सौन्दर्य को बढ़ने में नहीं चूकतीं। आइए देश-विदेश की नारियों की अद्भुत श्रृंगारप्रियता के बारे में आपको कुछ बताएं।

भारत की आदिवासी युवतियां अपने बालों के श्रृंगार की ओर शायद सबसे ज़्यादा ध्यान देती हैं। चाहे वह 'घोटुल' में जानेवाली युवती हो या घर में काम करने वाली तरुणी या वृद्धा, अपने बालों को कलापूर्ण ढंग से संवारना वह अपना सबसे बड़ा काम समझती है। बालों के सौन्दर्य में नीचे लटकने वाला फुंदना, लकड़ी की कंघियां, और पीतल या बांस की बनी पिनें विशेष महत्त्व रखती हैं। युवतियों को कंघियां प्रायः उनके प्रेमी युवक भेंट करते हैं।

बालों की तरह ये युवतियां अपने कानों को भी सजाती हैं और सच पूछा जाए, तो कानों को सजाने का उपक्रम ये बचपन से ही करती हैं। **बंजारा, सावरा** और हिमालय की **तराई** में बसनेवाली युवतियां अपने कानों को कांच की लाल-पीली बरियों से पूरी तरह ढक लेती हैं। गोंड युवती का सबसे प्रिय अलंकार 'धार' है। **भूमिया** लड़की भी धार पसंद करती है। यह कान और सिर दोनों को जोड़ता है। धार बहुत कलापूर्ण होता है और चांदी या गिलट

से बनाया जाता है और उनके लिए कीमती होता है। अतः धार पहनने वाली युवती काफी सम्पन्न परिवार की मानी जाती है।

आदिवासी युवतियां गले में रंग-बिरंगी कई मालाएं पहनती हैं, जिन्हें 'नेर' कहा जाता है। माला पहनने की प्रथा **गोंड, बैगा, सावरा, नामा** आदि प्रायः सभी आदिम-वासियों में पाई जाती है। मालाएं जंगली घुंघचियों के दाने, रंग-बिरंगे कांच की गुरियों, नकली मोतियों अथवा कौड़ियों की खेती हैं। ये मालाएं ही उनके सौन्दर्य में चार चांद लगाती हैं। अनेक आदिवासी महिलाओं के वक्ष-स्थल का भाग केवल इन मालाओं से ढका रहता है। उत्तर-पूर्वी सीमा क्षेत्र की कुछ आदिवासी बालाएं हड्डियों की भी मालाएं पहनती हैं। जो आदिवासी नरमुंडों का शिकार करते हैं, वे प्रायः ऐसी मालाओं के बीच में एकाध नरमुंड या जंगली जानवर का सिर फंसाकर अपनी सबसे प्रिय प्रेयसी को भेंट करते हैं।

श्रृंगार करना नारियों की ही विरासत नहीं है। आदिवासी पुरुष भी आभूषणों से अपना श्रृंगार करते हैं। विशेष समारोहों में वे बांस के सपाट छिले हुए छोटे-से टुकड़ों पर रंग-बिरंगे कपड़े बांधकर बालों में खोंस लेते हैं। गले में माला पहनने का रिवाज **बस्तर** में सबसे ज़्यादा है। इन्हें 'डगरपोल' कहते हैं। जिस तरह एक युवक अपनी प्रेमिका को बालों की कंघियां और गले की मालाएं देता है, उसी तरह एक युवती अपने प्रेमी युवक को डगरपोल भेंट करती है। एक-एक पैसा जोड़कर वह उसे बाजार से खरीदकर लाती है और अपने हाथ से उसके गले में पहनाती है: और फिर अपने प्रेमी की मद-भरी रसीली चितवन पाकर मस्ती में झूम उठती है।

शरीर के सौन्दर्य को बढ़ने के लिए जिस तरह आभूषण धारण करने की वृत्ति आम तौर से सभी महिलाओं में पाई जाती है, उसी तरह अपने शरीर को गुदाने की आवश्यकता भी प्रत्येक आदिवासी नारी अनुभव करती है। शरीर गुदाते समय सुई की नुकीली नोक उसकी देह को छेदती है, दर्द पहुंचाती है, किन्तु वह सारी पीड़ा हंसते-हंसते सह लेती है। गुदना गुदाते समय उसे एक अनोखा दर्द-मिश्रित आनन्द प्राप्त होता है और उस समय उसकी सहेलियां उसपर कई तरह के व्यंग्य भी कसती हैं। उन व्यंग्यों में रस लेते हुए वह अपना

शरीर गुदा जाती है।

आदिवासियों में शरीर गुदाने के साथ-साथ आभूषणों के सम्बन्ध में अनेक विश्वास जुड़े हैं। आम तौर पर यह माना जाता है कि सोने-चांदी के आभूषण तो तभी तक काम देते हैं, जब तक तन में सांस है। उसके बाद तो सारे गहने उतार लिए जाते हैं, किन्तु शरीर के ये गुदने ही ऐसे आभूषण हैं, जो शरीर के साथ जाते हैं। मृत्यु के बाद वैतरणी पार करनी होती है, यह हमारे देश में आम धारणा है, और वैतरणी पार करते समय अनेक यातनाएं भी सहनी होती हैं। किन्तु, इन लोगों में प्रचलित लोक-विश्वास के अनुसार गुदने के निशान सारी यातनाओं से मृतक की रक्षा करते हैं।

आदिवासी युवकों की दृष्टि में गुदने के निशान युवती के सौन्दर्य में चार चांद लगा देते हैं। कह्य जाता है कि गुदना गुदाना मी एक कला है और जो युवती अपने गुदने जितने आकर्षक ढंग से गुदाती है, उसे उतने ही यवक प्यार करते हैं। उनका यह भी विश्वास है कि गदनों में सम्मोहन की शक्ति होती है और वह सहज ही किसी भी प्रेमी युवक को अपनी ओर खींच लेते हैं। आदिवासी युवती गुदनों को अपनी आकांक्षाओं और इच्छाओं की पूर्ति का प्रबलतम साधन मानती है। वह कहती है कि जब तक ज़िंदगी है, तब तक गुदनों के सहारे अपने मनचाहे युवक को पाया ही जा सकता है, मृत्युलोक में भी इनके सहारे यमराज से सौदा किया ज सकता है। विवाह के बाद पति और परिवार के बीच केवल ये गुदने ही तो शाश्वत हैं। बाकी सब मिटने वाले हैं। काल के प्रवाह में जब सब बह जाएगा, तब शरीर के ये गुदने ही उसमें मी तैरते रहेंगे।

गुदने के निशान भिन्न-भिन्न आदिवासियों में भिन्न-भिन्न प्रकार के होते हैं। कहीं-कहीं आड़ी-तिरछी रेखाएं और कहीं कुछ विशिष्ट निशान बनाए जाते हैं। आड़ी-तिरछी रेखाएं तो आम तौर पर सारे शरीर पर बनाई जाती हैं और निशानों के लिए शरीर के कुछ अंग सुरक्षित होते हैं। कपाल पर त्रिकोण का निशान, छाती में मोर का चित्र या दौरी अथवा टोकनी का चिह्न और हाथ में हल्दी की गांठें बनाई जती हैं। हाथ के पीछे झोंपड़ी और जांघों में पतली-तिरछी लकीरें बनाई जाती हैं। जांघ में कई बार तीर और धनुष के चित्र भी

बनाए जाते हैं। गुदना गोदते समय आदिवासियों में एक विशेष प्रकार का उत्सव मनाया जाता है। खेल और टिमकी की आवाज़ से इस शुभ कार्य का संदेश दूर-दूर तक पहुंचाया जाता है। गांव-भर के लोग तब वहां एकत्रित हो जाते हैं। और सब मिलकर गीत गाते तथा नाचते हैं। लड़की की सहेलियां उसे घेरकर बैठ जाती हैं और अनेक प्रकार के गीतों से उसका मन बहलाती रहती हैं ताकि उसे गुदना गुदाते समय दर्द न हो।

हिमालय के अंचल में स्थित एक अत्यन्त रमणय स्थली है, **किन्नर प्रदेश**। इसकी प्राकृतिक सौन्दर्य-सुषमा और यहां की नारियों की सुन्दरता के कारण जनसाधारण ने इसे 'देवलोक' की संज्ञा से विभूषित किया और यहां के रहनेवालों को किन्नर देवताओं की एक योनि स्वीकार किया है।...तो इसी किन्नर प्रदेश की नारियां अपने शरीर के प्राकृतिक सौन्दर्य के अलावा, श्रृंगार में अपने कानों में पाव-पाव-भर चांदी की सुन्दर बड़ी-बड़ी बालियां पहनती हैं। बाएं कंधे के नीचे, 'दोरु' को समेटकर बांधने वाले डोरे में 'चिल्रक' लटकाती हैं। दोरु एक प्रकार की साड़ी होती है जिसे इस प्रकार बांधा जाता है कि दायां कन्धा उससे बाहर रहे और शेष सम्पूर्ण शरीर उससे ढंक जाए। दोरु की डोरियां आगे की ओर न बांधकर पीछे की ओर बांधी जाती हैं और जो पल्ला डोरी के ऊपर रखा जाता है, उसे बहुत निपुणता के साथ आकर्षक बनाया जाता है। अपने कुचों के ऊपर यहां की नारियां चांदी के घुंघरू लटकाती हैं अथवा सिर पर पुरुषों की भांति तीन भागों में उठी हुई कनफटी टोपी पहनती हैं। इनकी नाक की बालियां चांदी की बनी होती हैं और काफी वजनदार होती हैं। लेकिन सुन्दरता के प्रदर्शन में इन्हें अपने गहनों का बोझ, बोझ नहीं लगता।

प्रशान्त महासागर में कई द्वीपों का एक समूह है, जिसे **पोलिनेशिया** कहते हैं। यहां की आदिवासी स्त्रियां श्रृंगार के लिए फूलों को विशेष रूप से पसंद करती हैं और फूलों के प्रति अपने इसी आकर्षण के कारण वे कानों में बड़े-बड़े छेद कराकर उनमें फूलों के गुच्छे लटकाए रहती हैं। गहनों के रूप में ये व्हेल मछली के दांतों और जंगली सूअर के बालों का व्यवहार करती हैं। व्हेल मछली के दांतों के छोटे-छोटे टुकड़ों का गुलूबंद बड़ा सुन्दर और

आकर्षक समझा जाता है। सूअर के दांतों से बने कड़े का व्यवहार भी इनमें खूब प्रचलित है।

टेलीगा इनका सबसे मूल्यवान आभूषण समझा जाता है। इसकी बनावट बड़ी अद्भुत होती है। सीप तथा पक्षियों के परों से बने इस आभूषण को धारण करने में इन्हें कई घण्टे खर्च करने पड़ते हैं और स्त्रियों को काफी असुविधा भी होती है, पर नाचते समय टेलीगा पहनना इनके लिए अनिवार्य-सा है।

बाल संवारने के भी इनके अनेक तरीके हैं। शनिवार की रात में यहां की स्त्रियां अपने बालों में मूंगे की राख का लेप करती हैं जिससे इनके बाल साफ होकर बादामी रंग के हो जाते हैं। रविवार के दिन बालों में गोंद मिला सुगन्धित तेल डालकर बड़े यत्न से उन्हें संवारती हैं और तब हफ़्तों तक इनके बाल जैसे के तैसे बने रहते हैं। यहां गुदने गुदवाने का भी ख़ूब प्रचलन है।

बोर्नियो में बिना गुदने के स्त्रियों का सौन्दर्य अधूरा माना जाता है। **कांचन** जाति की स्त्रियां गुदना गोदने में बड़ी प्रवीण होती हैं और गुदने में अनेक प्रकार के चित्र अंकित करती हैं। इस जाति की स्त्रियां हाथ, जांघ, तथा पैरों में गुदना गुदाती हैं। गुदने का रंग नीला होता है। एक-एक स्त्री पर गुदना गोदने का कार्य दो-तीन वर्षों तक चलता रहता है। गुदना जितना ही विचित्र होता है, उतना ही समाज में उस स्त्री का स्थान अन्य स्त्रियों की तुलना में ऊंचा समझा जाता है।

बोर्नियो में निवास करनेवाली सभी जाति की आदिवासी स्त्रियां अपना सौन्दर्य बढ़ाने के लिए हर प्रकार के कष्ट सहने को तैयार रहती हैं। **कोनाबिट** जाति की स्त्रियां शरीर के ऊपरी भाग में पीतल की एक जॉकिट और कमर में पीतल की करधनी पहनती हैं। जॉकेट की बनावट कवच सरीखी होती है और इनकी भाषा में इसे 'खाई' कहते हैं।

दक्षिणी अफ्रीका की जुलू जाति की नारियां, जिनके होंठ काले और बेहद मोटे होते हैं, अपने शरीर पर विचित्र रंगों से चित्रकारी किए रहती हैं और कौड़ियों तथा जानवरों के दांतों की बनाई हुई मालाएं पहनती हैं।

न्यूगिनी की **पापुआन** स्त्रियों में बाल रखने का तरीक़ा भी बड़ा विचित्र है। ये उनमें कोयला, धूल और शहद मलती हैं और फिर उसे पगड़ी की तरह बांधे रखती हैं, जिसकी एक दुम कंधे पर झूला करती है। यह शहद जंगली मधु-मक्खियों का होता है, इसलिए इनके सिर से बड़ी बदबू निकलती है। पापुआन स्त्रियां अपने को सजाने के लिए विशेष प्रकार के पक्षियों के पंख व्यवहार में लाती हैं। कभी-कभी कारीगरी की गई लकड़ी और सितुहा भी व्यवहार में आता है। औरतें अपने सारे शरीर में गुदना गुदाए रहती हैं।

समुद्रदायक जाति की स्त्रियां हाथ-पैर में पीतल के पतले-पतले तारों को इस तरह लपेटे रहती हैं कि उससे उन्हें चलने में बड़ी कठिनाई होती है। इन ताररूपी आभूषणों का बोझ इतना अधिक होता है कि अगर दुर्भाग्यवश कोई स्त्री समुद्र या नदी में गिर जाए, तो कुशल से कुशल तैराक होने के बावजूद जीवित नहीं बच सकती। उसके अलंकारों का भार उसे शीघ्र ही जल-समाधि ले लेने को विवश कर देता है। हाथ-पैरों में जो पीतल के तार लपेटे जाते हैं, वे

इतने कस दिए जाते हैं कि उनसे पैरों की शक्ल बिगड़ जाती है, लेकिन इससे क्या ? श्रृंगार के लिए इतना करना ज़रूरी है।

तिसराम जाति की स्त्रियां होंठों को लाल रंग में रंग लेती हैं। कानों में सात छेद कर ये उनमें तार के टुकड़े पहने रहती हैं। इनमें शायद सात की संख्या का अधिक महत्त्व है, क्योंकि कमर में पहनी जानेवाली करधनी इतनी लम्बी होती है कि ठीक से पहनने के लिए उसे सात बार लपेटना पड़ता है।

मंगुइन जाति की स्त्रियां नख से शिख तक तरह-तरह के विचित्र आभूषण पहनती हैं। ये कमर में घुंघरू बांधती हैं, किन्तु इनका विशेष श्रृंगार है, बेंत की पेटी पहनना। बेंत की छोटी-छोटी पेटियां ये अपनी छाती पर भी बांधती हैं।

मेडागास्कर की आदिवासी स्त्रियां विभिन्न प्रकार से अपने बालों का श्रृंगार करने के लिए प्रसिद्ध हैं। बालो के श्रृंगार में कई घण्टे लग जाते हैं। अपने बालों में ये मिट्टी अथवा पशु की चर्बी लगाती हैं, जिससे एक बार के संवारे हुए बाल महीने-भर तक वैसे ही बने रहते है।

पूर्वी तथा **मध्य अफ्रीका** में आदिवासी स्त्रियां अपने होंठों के ऊपरी हिस्से को छेदकर गहने पहनती हैं। **पश्चिमोत्तर अमरीका** में आदिवासी स्त्रियां नीचे के होंठ छेदकर गहने पहनती हैं।

कांगो की स्त्रियां गले में इतने बड़े तौक पहनती हैं कि उसका वजन 15 रतल तक होता है। खूबसूरती के लिए अपने दात रेतवा डालती हैं। बहुत-सी जातियों में तो विवाह के समय सामने के एकाध दांत ही तुड़वाकर स्त्रिया अपनी श्रृंगारप्रियता का सबूत देती हैं।

मैलिनेशिया की स्त्रियों का एकमात्र श्रृंगार गुदना है। गुदना गोदने की क्रिया लड़कियों के बचपन से आरंभ कर दी जाती है और इसकी समाप्ति विवाह के योग्य हो जाने पर ही होती है। गुदने में बड़े अच्छे-अच्छे बेल-बूटे निकाले जाते हैं। एक-एक बेल-बूटा निकालने में महीनों लग जाते हैं। कहीं-कहीं लड़कियों के सारे शरीर में नीले रंग की धारियां खींच दी जाती हैं, जिससे उनका शरीर पतले झलमल, बिनै हुए कपड़ों से आवृत दिखता है, परंतु वे रहती हैं पूर्णतया नग्न । नग्न रहने के कारण जांघ एवं छाती का सौन्दर्य बढाने

के ख्याल से ही वे गुदना गुदवाती हैं। यह एक प्रकार से उनका धार्मिक कृत्य-सा हो गया है। यहां की स्त्रियां गहने बहुत कम पहनती हैं, किन्तु जो पहनती हैं, वे बड़े विचित्र होते हैं। इनके गहने लकड़ी, बांस, हड्डी, दांत, घास-फूस, पक्षियों के पर तथा इसी तरह की अन्य विचित्र वस्तुओं के बने होते हैं।

न्यू ब्रिटेन की आदिवासी स्त्रियां तो मनुष्य की पसलियां तक पहनती हैं। इनमें दांतों के हार पहनने की भी प्रथा है। ये दांत लगभग तीन रुपये सैकड़े के भाव पर मिलते हैं और जिस स्त्री के दांतों का हार होता है, उसकी बड़ी इज्जत होती है। वह अपने समाज में काफी सम्पन्न महिला समझी जाती है।

आस्ट्रेलिया के कुछ हिस्सों की स्त्रियां श्रृंगार के लिए बांहों में, गले तथा नाक-कान में भी गहने पहनती हैं। गहने लकड़ी, हड्डी तथा कुत्तों के दांतों से बने होते हैं। स्त्रियां कभी-कभी नकली दाढ़ लगाकर भी अपना श्रृंगार किया करती हैं, **माइकोनिशिया** की स्त्रियों का मुख्य श्रृंगार गुदना है। **कैरोलिस** की **पोनापी** जाति की स्त्रियां कमर में गुदना गुदवाकर करधनी बनवाती हैं। कान और नाक को छेदकर उनमें गहने पहनने की प्रथा भी खूब प्रचलित है। **मार्शल द्वीप** में कानों में काफी बड़े-बड़े छेद बनाकर उनमें पक्षियों के परों की बालियां पहनी जाती हैं। कैरोलिस के कुछ स्थानों की नारियां एक-एक कान में ऊन से बनी 15–20 बालियां पहनती हैं। इनमें कौड़ियों तथा अन्य इसी प्रकार की चीज़ों के गुलूबन्द पहनने का प्रचलन भी है। सिर के बालों के भाग में सीप, कछुए की हड्डी और श्वेत पंख की कटोरियां पिरोकर धारण करना उनके श्रृंगार का विशेष अंग है।

मध्य सैलीवीस की स्त्रियां कानों में सींग की लौंग तथा गले में पोत मछली की हड्डी व बीजों के हार पहनती हैं। शंख के कड़े पहनने की प्रथा भी इनमें प्रचलित है। त्यौहारों या उत्सवों पर स्त्रियां मुख पर विभिन्न रंगों से लकीरें बना लेती हैं, जो गुदने की तरह प्रतीत होता है। सौन्दर्य और श्रृंगार की दृष्टि से बहुत-सी स्त्रियां अपने अगले दांत रेतवा डालती हैं। कभी-कभी तो वे उन्हें जड़ से उखड़वा तक देती हैं।

फिलीपाइन द्वीप में रहने वाली एक जाति का नाम है **नैग्रिटो**। इस जाति

की महिलाएं ठिगने कद की होती हैं। इनका रंग काला, नाक चपटी और आँखें भूरे रंग की होती हैं। इनके श्रृंगार करने का ढंग संसार में सबसे अनोखा है, कानों में सूखे कद्दू की बड़ीबड़ी बालियां, बालों में बांस की बनी कंघी और गले में जानवरों के दांत की माला। इस जाति में उन्हीं औरतों को खूबसूरत माना जाता है, जिनके मुंह में दांत नहीं होता। फलस्वरूप खूबसूरत बनने के लोभ में नैग्रिटो स्त्रियां अपने दांतों को इतना घिस लेती हैं कि वे मसूड़ों में मिल जते हैं।

अभिवादन के अनोखे तरीके

आपके यहां जब कोई मेहमान आता है, या जब आप अपने किसी मित्र से मिलते हैं, तब आप दोनों हाथ जोड़कर उन्हें प्रणाम या नमस्कार करते हैं। भारतीय हिन्दू परिवार में अभिवादन का प्रायः यही रूप प्रचलित है। भारत की आज़ादी के बाद हमारे स्वर्गीय प्रधानमंत्री श्री जवाहरलाल नेहरू ने अभिवादन का एक अन्य रूप दिया था, 'जय हिन्द' के रूप में। वे जब कभी किसीसे मिलते थे, तो प्रायः 'जय हिन्द' ही कहा करते थे। सभाओं में अपने भाषण की समाप्ति पर वे जनता से भी तीन बार 'जय हिन्द' बोलने को कहा करते थे। यूं यदि विचार कर देखा जाए, तो यह 'जय हिन्द' की कल्पना मूलतः सुभाषचन्द्र बोस की थी और इसका प्रचार उन्होंने अपनी आज़ाद हिन्द फौज में अभिवादन के लिए किया था। देश में यह नया अभिवादन इतना लोकप्रिय हुआ कि आज नमस्कार और प्रणाम की तरह 'जय हिन्द' कहकर भी हम लोगों का अभिवादन करते हैं। परन्तु अपने ही देश के कई भागों एवं विदेशों में जब लोग अपने मित्रों या परिचितों से मिलते हैं, तो उनके

अभिवादन का अनोखा ढंग देखकर हम चकित रह जाते हैं।

जिस प्रकार विभिन्न देशों के लोगों की वेश-भूषा अलग-अलग होती है उसी प्रकार अभिवादन के तौर-तरीके भी अलग-अलग होते हैं। यदि हम सुमात्रा द्वीप के निवासियों को परस्पर प्रणाम करते हुए देख लें, तो हंसते-हंसते लोट-पोट हो जाएगे। वहां दो परिचित व्यक्ति एक-दूसरे से मिलते समय अपने घुटनों के बल बैठ जाते हैं और अपने मित्र का बायां पैर क्रमश: अपने सिर, ललाट, छाती और घुटनों पर रखते हैं। फिर वे ज़मीन पर लेटकर कुछ देर तक पड़े रहते हैं। ठीक उसी प्रकार, जैसेकि हिन्दू लोग मंदिर में देवता को साष्टांग प्रणाम करते हैं। यूरोप के दक्षिणी हिस्सों के द्वीपों के लोग जब किसी जाने-पहचाने आदमी से मिलते हैं, तब उसके सिर पर पानी डाल, उसे सिर से पैर तक भिगोकर गाढ़ी मित्रता का परिचय देते हैं। **अण्डमान द्वीप** में जब कभी दो मित्र आपस में मिलते हैं, तब वे दोनों बैठ जाते हैं और एक-दूसरे से लिपटकर ज़ोर से रोते हैं।

अभिवादन के रूप में रोने की प्रथा की बात आने पर मुझे **भारत** के उस हिस्से की याद आती है जहां विवाहित लड़कियां जब पहली बार ससुराल जाती हैं (या कहीं-कहीं तो ससुराल से लौटकर आते समय भी), तो अपने माता-पिता, भाई-बहिन और सखी-सहेलियों से लिपटकर रोती हैं। उनका रोना भी अभिवादन का ही एक रूप कहा जा सकता है। रोते समय लड़कियां मां-बाप को प्रणाम या नमस्कार करना भूल जाती हैं और उनका प्रत्येक व्यक्ति से गले लिपटकर रोना ही अभिवादन कहा जा सकता है। अभिवादन के रूप में यह रोने की प्रथा **उत्तर बिहार** के कई हिस्सों में आज भी इस तरह प्रचलित है कि लेखक ने सरे-आम सड़कों पर विवाहित महिलाओं को अपने बाप-भाई या मैके के अन्य परिचितों का पैर पकड़कर रोते देखा है।

जापान के गांवों में जब कभी कोई व्यक्ति अपने मित्र से मिलता है, तब वह अपने जूते उतार लेता है और अपना दाहिना हाथ बाईं आस्तीन में डाल लेता है। इसी दशा में दोनों हाथ घुटनों तक ले जाता है। तिब्बत में जब दो मित्र आपस में मिलते हैं, तब एक हाथ से अपने सिर की टोपी उतारकर जीभ

निकाल लेते हैं और दूसरे हाथ से कान पकड़ते हैं। सरकारी अफसरों या पूज्य लामाओं से भेंट होने पर इनके अभिवादन करने का ढंग बदल जाता है। उस समय ये उनके सम्मान में खड़े हो जाते हैं, फिर जीभ बाहर निकालकर अपने दोनों अंगूठों को चाटते हैं। जब कोई अभिवादन करने की इस रीति का पालन नहीं करता, तब उसे कड़ा दंड दिया जाता है।

यूरोप में प्राय: एक-दूसरे मित्र से मिलते समय 'हलो' शब्द का प्रयोग किया जाता है। 'हलो' एक अन्तर्राष्ट्रीय शब्द माना जाता है, पर स्पेन के लोग एक-दूसरे से मिलने पर अभिवादन के तौर पर 'हलो' के स्थान पर 'ओला' कहते हैं।

इंग्लैण्ड तथा उन समस्त देशों में, जिनके निवासी अंग्रेज़ी बोलते हैं, जब कभी दो मित्र आपस में मिलते हैं तब वे हाथ मिलाते हैं जिसे 'शेक हैण्ड' कहा जाता है। हाथ मिलाने के पश्चात् कुशल-क्षेम पूछने के लिए 'हाउ डू यू डू' कहते हैं। कहीं-कहीं टोपी उतारकर भी और थोड़ा झुककर परस्पर अभिवादन किया जाता है।

पश्चिमी देशों में 'शेक हैण्ड' की प्रथा सद्भावना और एक-दूसरे का अभिनंदन करने का द्योतक मानी जाती है। इन देशों में शेक हैण्ड की यह प्रथा कैसे चली, इसके बारे में कहा जाता है कि मध्य युग में एक वीर सर लान्सलाट ने ही सबसे पहले अपना दाहिना हाथ आगे बढ़ाया था, यह दिखलाने के लिए कि उसकी तलवार म्यान में बन्द है। और उसका इरादा कतई वार करने का नहीं, बल्कि दोस्ती करने का है।

उसी तरह जब किसी के घर में प्रवेश करते समय आगन्तुक अपना हैट उतार देता है, तो वह उस पुराने रिवाज का पालन करता है, जबकि ऐसा महज़ इसलिए किया जाता था कि आगन्तुक धड़ के ऊपर कोई रक्षाकवच न पहनने के कारण आक्रमणकारी न माना जाए।

यूरोपीय देशों में अपनी पत्नी के अभिवादन के उत्तर में पति उसका चुम्बन लेता है। चुम्बन लेने की क्रिया सार्वजनिक स्थानों में भी चलती है, जबकि हमारे देश की संस्कृति और सभ्यता में ऐसा करना उचित नहीं माना जाता। **रूस, जर्मनी, फ्रांस** और **ब्रिटेन** में पत्नी के अभिवादन के प्रत्युत्तर में पति प्रायः चुम्बन ही लेते हैं।

दक्षिण अफ्रीका की जूलू जाति में जब दो व्यक्ति आपस में मिलते हैं, तब वे अभिवादन के रूप में एक-दूसरे के सीने पर हाथ रखकर नीचे को झुकते हैं। फिर भूमि के निकट अपने हाथ ले जाकर ताली बजाते हैं। अपने सरदार या प्रधान के आगे झुककर भूमि चूमना आवश्यक शिष्टाचार समझा जाता है। प्राय: दोनों भुजाएं नीचे झुकाकर उनके बीच में सिर झुकाते हुए 'ओ अजादला चिउसा मारी अब्बेना' कहना सम्माननीय व्यक्ति के अभिवादन में पर्याप्त समझा जाता है।

थाईलैंड के लोग दोनों हाथ जोड़कर सिर को काफी झुकाकर नमस्ते-अभिवादन करते हैं। नमस्ते के लिए 'सवाड्डी' तथा विदा लेते समय 'ला-कोन खप' शब्दों का प्रयोग किया जाता है। थाईलैंड में अभिवादन की भाषा इतनी मधुर होती है कि सुनने में संगीत का आनन्द आता है।

फिलीपाइन द्वीपों में रहनेवाले लोग कानों पर हाथ रखकर दाहिना पैर उठाकर आपस में मिला करते हैं। अफ्रीका की एक जाति पिग्मी के लोग मित्रों से मिलने पर उसका कपड़ा उतारकर बदन पर लपेट लेते हैं।

मंगोलिया के रहने वाले अपने मित्र से मिलने पर एक-दूसरे के सिर के बाल सूंघते हैं। **बर्मा-निवासी** अपने परिचितों से मिलने पर अपने दोनों हाथ जोड़कर एक-दूसरे का मुख चूमते हैं।

चटगांव के निवासी जहां अपने मित्र से मिलने पर आपस में नाक रगड़कर ज़ोर से सांस खींचते हैं, पाकिस्तान में लोग मित्रों से मिलते समय एक हाथ उठाकर सलाम करते हैं। अरब के लोग अपने दोस्तों से मिलने पर एक-दूसरे की छाती पर हाथ रखते हैं और कहीं-कहीं अपने मित्र के पांव या घुटने चूमने का भी रिवाज है।

चीन के शहरों और देहातों में अभिवादन की अलग-अलग रीतियां हैं। शहर के लोग आपस में मिलते समय अपनी टोपियां पहन लेते हैं। और गांवों के लोग अपने लटकते हुए हाथों को नीचे ही जोड़कर झुक जाते हैं। अमरीका के रेड-इंडियन आपस में मिलते समय एक-दूसरे से अपने सिगार बदल लेते हैं।

नये वर्ष के स्वागत के तौर-तरीके

भारत में नये वर्ष के स्वागत में उतना धूम-धड़ाका नहीं मनाया जाता जितना पाश्चात्य देशों में। मूलतः इसके दो प्रमुख कारण हैं। एक तो यह कि भारत सादगीपसंद देश है। यहां की संस्कृति में सादगी कूट-कूटकर भरी हुई है। दूसरा कारण यह है कि भारत में कई प्रकार के कैलेण्डर प्रचलित हैं। कहीं शके हैं, तो कहीं संवत्। फसली साल का हिसाब अलग ही है। कोई वर्ष होलिका-दहन के दिन समाप्त होता है। तो कोई मेष-संक्रांति के दिन शुरू होता है। अत: वर्षारंभ के बारे में पाश्चात्य कैलेण्डर जैसी एकरूपता का यहां सर्वथा अभाव है। इस अभाव को दूर करने के उद्देश्य से भारत सरकार ने एक नया कैलेण्डर चलाया है अवश्य, परन्तु वह अभी तक जनसाधारण के बीच अपेक्षित मान्यता नहीं प्राप्त कर सका है। इन सारी बातों के बावजूद इस तथ्य से भी इनकार नहीं किय जा सकता कि नव वर्ष का आरम्भ चाहे जब से माना जाए, लेकिन इसके स्वागत में थोड़ा-बहुत उत्सव भारत में भी होता है।

भारत के विभिन्न प्रदेशों में नववर्षोत्सव विभिन्न प्रकार से मनाया जाता

है। धनी-निर्धन सभीके लिए यह दिन उल्लास एवं उत्साह का होता है। **असमवासियों** में नये वर्ष के दिन **पशु-पूजन** किया जाता है। इस प्रथा का कारण शायद यह रहा हो कि भारत एक कृषि-प्रधान देश है और बिना पशु के सहयोग के यहां खेती नहीं की जा सकती। अपने-अपने पशुओं, विशेषकर बैलों को सुरुचिपूर्ण ढंग से सजाकर एक विशेष जुलूस में ले जाया जाता है। इस जुलूस में असम की जनता दिल खोलकर भाग लेती है। लोक-संगीत की धुन पर नाचते-गाते लोग एक स्थान से दूसरे स्थान तक पहुंचते हैं। जुलूस की समाप्ति के बाद पशुओं को गुड़ और बैंगन खिलाया जाता है।

बंगाल में नया वर्ष **वैशाख** की प्रतिपदा से प्रारम्भ होता है। लोग अपने-अपने देवी-देवताओं की पूजा करके नये वस्त्र धारण करते हैं। व्यापारी-वर्ग इस दिन अपने नये खाते खोलता है। कई स्थानों पर संगीत-गोष्ठियों का आयोजन किया जाता है, जिनमें गुरुदेव रवीन्द्रनाथ ठाकुर के गीतों एवं उनकी कविताओं का पाठ रात्रि के कई प्रहर तक चलता रहता है।

बिहार में **चैत्र** से नया वर्ष शुरू होता है। चैत्र की पहली तारीख को लोग रंग-अबीर खेलते हैं। जगह-जगह लोकगीतों की मण्डली जमती है, भांग छनती है और भांग के नशे में लोग काफी रात तक नये वर्ष के स्वागत में गाते-बजाते रहते हैं। ग़रीब से ग़रीब परिवार भी इस दिन नये वस्त्र धारण करता है। स्त्रियां विशेषकर वसंती रंग की साड़ी पहनती है। फागुन के अन्त तक रबी-फसल कट चुकी होती है, अत: नया अन्न घर में आते ही यहां के किसान भी बड़ी मस्ती से इस दिन उल्लास में भरकर दोस्तों से गले मिलते हैं।

पंजाब में **बैसाखी** के दिन नया वर्ष बड़े आकर्षक तरीके से मनाया जाता है। इस दिन पंजाब में जगह-जगह मेले लगते हैं और कृषकजन भांगड़ा नृत्य, तथा लोकगीतों की चहल-पहल में स्वयं को डुबोकर इस उत्सव में तन्मय हो जाते हैं। बैसाखी फसल कटने की खुशी में मनाया जानेवाला त्योहार है। सिखों के अनुसार इसी दिन उनके दसवें गुरु गोविन्दसिंह ने 'खालसा-पंथ' चलाया था।

किसी-किसी देश और जाति में नया वर्ष नवयुवक-नवयुवतियों के लिए

शादी का पैग़ाम लेकर आता है, क्योंकि उनके यहां के विधान के अनुसार नये वर्ष के दिन ही उन्हें-शादी करने की अनुमति मिलती है। और इस दिन जो विवाह होते हैं वे वैध करार दिए जाते हैं। वर्ष के अन्य दिनों में किया गया विवाह अवैध माना जाता है। फलस्वरूप कई नवयुवक-नवयुवतियां नये वर्ष की प्रतीक्षा बड़ी बेक़रारी से करते हैं।

बिहार राज्य की आदिमजाति **हो** में नए वर्ष के उपलक्ष्य में मनाए जाने वाले उत्सव को **बाहा** कहते हैं, जिसका अर्थ है, पुष्प-पर्व। इस जाति की मान्यता के अनुसार हा त्योहार में पृथ्वी देवी के युवा होने की खुशी मनाई जाती है। उस समय पृथ्वी को कुमारी समझा जाता है. जोकि प्रकाशमान सूर्य से अपना विवाह-संबंध करने को उत्सुक रहती है। इस त्योहार के बाद ही युवक-युवतियों को विवाह करने का मौका मिलता है। 'हो' लोग हर वर्ष के प्रारम्भ में इस दैवी विवाह की खुशी मनाते हैं। इस दैवी विवाह के बाद ही मनुष्य के इहलौकिक विवाह सम्पन्न हो सकते हैं, ऐसी उनकी मान्यता है।

उत्तर प्रदेश में **चैत्र** शुक्ल-पक्ष की प्रतिपदा को नववर्षोत्सव मनाया जाता है। चैत्र के महीने में सरसों के फूल पूरी तरह खिल उठते हैं और उनकी शोभा देखते ही बनती है। सरसों के फूल की पीतिमा से होड़ करती हुई नवयुवतियां वासंती साड़ियां तथा चुनरियां पहनती हैं।

कश्मीर के नववर्षोत्सव की अपनी विशेषता है। **चैत्र** के प्रथम दिन **ना-वरेह (नूतन वर्ष)** का अवतरण होता है। वसंत ऋतु अपने यौवन पर होती है और कश्मीर की घाटी अपने सुन्दरतम रंगों, जादूभरी झीलों, कोमल पुष्प-क्यारियों और चारों ओर चहकती-महकती प्रकृति की छटा के साथ धरती पर स्वर्ग की अनुकृति बन जाती है। हिन्दू लोग नई चमकती हुई थालियों में नया अन्न, आभूषण तथा पुष्प सजाकर मंदिरों में जाते हैं; इस विश्वास के साथ कि नवीन वर्ष उनके लिए बहुविध समृद्धि का प्रतीक होगा। इसी प्रकार के थाल दूसरे दिन शुभकामना के प्रतीक-स्वरूप वंश की विवाहिता बहिनों तथा पुत्रियों की ससुराल को भेजे जाते हैं।

उड़ीसा के **जुआंग** लोग नये वर्ष के **स्वागत** के लिए **स्वांगनृत्य** का आयोजन करते हैं, जो उनके जीवन का सबसे मनोरंजक और अनिवार्य

अंग होता है। लड़के और लड़कियां गांव के नाचने के लिए बने हुए घेरे के अन्दर एकत्र होते हैं और विभिन्न प्रकार की चिड़ियों और पशुओं की नकल करते हैं। इन स्वांग-नृत्यों के द्वारा लड़के-लड़कियां जातीय जीवन और शिष्टाचार-सम्बन्धी जानकारी प्राप्त करते हैं। उन्हें इन पशु-पक्षियों के रहन-सहन और आदतों की जानकारी कराई जाती है, जोकि उनके मासांहार के साधन हैं। नये वर्ष के स्वागत में सबसे पहले होता है, कपोत नृत्य। इस नृत्य में एक नवयुवक कबूतर का पार्ट अदा करता है। वह छोटे और बड़े पंखों से अलंकृत होकर अपनी संगिनी से नृत्य के द्वारा प्रणय-निवेदन करता है। इस क्रम में वह बड़े नखरे और मस्ती के साथ धीरे-धीरे पांव रखता है, फिर तेज़ी से आगे की ओर झुकता है, अपने सीने को तानता है और तब अपने डैनों से ज़मीन को कुरेदता है, ताकि उसकी संगिनी उसकी ओर आकृष्ट हो।

अब आइए, **दक्षिण भारत** के नववर्षारंभ के विभिन्न तौर-तरीकों को देखने चलें। **केरल** का **नववर्ष**, जिसे वहा **कोल्ल वर्षम्** कहते हैं, मलयाली कैलेण्डर के नवें महीने 'मेडम' से, जो अप्रैल के समानान्तर है, आरम्भ होता है। 'प्रथम दिवस' 'विशु' को बड़े उत्साह और उल्लास के साथ मनाया जाता है। इसकी पिछली रात्रि को लोग सारी बहुमूल्य एवं शकुन वाली वस्तुएं एक बंद कमरे में सजाकर रखते हैं और नववर्ष का उदय होते ही अपनी प्रथम दृष्टि उन्हीं वस्तुओं पर डालने के लिए उस कक्ष की ओर दौड़ते हैं, क्योंकि उनका विश्वास है। कि उस दिन जिन वस्तुओं का प्रथम दर्शन होता है, वे उन्हें वर्ष-भर मिलती रहती हैं।

आंध्र प्रदेश में **नववर्ष** को **उगाडी** कहते हैं। इस दिन लोग तैल-मर्दन करते हैं, जिसे 'अभ्यंगन स्नान' कहा जाता है। इस दिन नीम की पत्तियों, कच्चे आम और गुड़ से बना एक तिक्त-मिष्ट पदार्थ खाया जाता है, जो सुख-दुःख मिश्रित जीवन का प्रतीक है। इस पदार्थ में मनोवैज्ञानिक गुण भी है। इस समय चेचक का प्रकोप होता है और यह बालकों की चेचक से रक्षा करता है।

तमिल नववर्ष आंध्र नववर्ष के एक दिन बाद पड़ता है। आंध्र प्रदेश में

प्रचलित अन्य सभी रीतियों के साथ लोग एक मिष्टान्न 'वप्पूम्पू-पच्चाड़ी' खाते हैं। उनका विश्वास है कि नवीन वर्ष उस मिष्टान्न की भांति मधुर होगा। स्त्रियां एक बड़े थाल में सौभाग्य के प्रतीक सिन्दूर, चंदन, श्वेत पुष्प. नारियल तथा कुछ चांदी के रुपये सजा कर छोटों को दिखलाती हैं। इस तरह वे नये वर्ष में उन की सुख-समृद्धि की कामना करती हैं।

महाराष्ट्र में भी **चैत** के शुक्ल-पक्ष से **नुतन वर्ष** का प्रारंभ होता है। इस दिन नवीन वर्ष के स्वगतार्थ प्रत्येक घर के शिखर पर एक रेशमी पताका फहराई जाती है, जिसमें फूलों का गुच्छा या माला बंधी रहती है।

आइए, अब ज़रा विदेशों में नववर्षोत्सव के दृश्य देखते चलें। जैसाकि ऊपर संकेत किया जा चुका है, पाश्चात्य देशों में नये वर्ष के स्वागत की बड़ी तैयारियां की जाती हैं। **लंदन** में 31 दिसम्बर की रात को पिकडिली सर्कस और ट्रेफल्गार स्क्वायर में बड़ी रौनक रहती है। पिकेडली सर्कस लंदन का प्रख्यात इलाका है। नये वर्ष के स्वागत में यहां सभी इमारतें रोशनी से जगमगाती रहती हैं। स्त्री-पुरुष रंग-बिरंगी टोपियां पहने, शराब के नशे में डूब गाते-नाचते रहते हैं। 31 दिसम्बर की रात में ठीक बारह बजे एक धमाका होता है, जिसका अर्थ यह होता है कि पुराना साल गुजर गया और नया साल शुरू हुआ। इसी समय लोग एक-दूसरे को नये वर्ष की बधाइयां देते हैं। इसके बाद एक-दूसरे को दावत देने का दौर शुरू होता है।

अमरीका तथा **कनाडा** के बड़े-बड़े शहरों में लोग 31 दिसम्बर की रात को नाइट क्लबों, नाच-घरों तथा सिनेमाघरों में चले जाते हैं। रोमन कैथोलिक मत के मानने वाले अर्द्धरात्रि की महापूजा (मिडनाइट मास) देखने के लिए गिर्जाघरों में जाते हैं। रोमन कैथोलिक गिर्जाघरों में यह महापूजा बड़ी भक्ति तथा कलात्मक ढंग से की जाती है। बहुतसे स्त्री-परुष घरों में ही अपने मित्रों तथा पड़ोसियों को पार्टी देते हैं। सब गाते-नाचते, पीते हुए आनन्द में लीन हो जाते हैं। बारह बजने पर सब एक-दूसरे को नये वर्ष की बधाई देते हैं। पुरुष यह कहते हुए कि तुम्हें नया वर्ष शुभ हो, स्त्रियों का चुम्बन लेते हैं। सुबह के पांच-छः बजे तक सब नाचते, पीते रहते और प्रेम करते रहते हैं।

स्कॉटलैंड में **नया वर्ष** आज भी बड़े मनोरंजक ढंग से मनाया जाता है। पुराने वर्ष की अन्तिम रात्रि में 12 बजे से पहले नवयुवक घर से निकलते हैं। ये लोग मक्खन, डबल रोटी, केक, टॉफियां तथा चाय आदि लेकर अपने मित्रों के यहां पहुंचते हैं। आधी रात बीतने पर जो प्रथम अतिथि घर में प्रवेश करता है, उसका बड़े हर्ष और उत्साह के साथ स्वागत किया जाता है। डबल रोटी, टॉफियां और चाय परिवार के सभी सदस्यों में बांट देते हैं। यहां आम विश्वास है कि नये वर्ष में प्रवेश करने वाला पहला अतिथि अपने साथ सुख-समृद्धि और सौभाग्य लेकर आता है।

जिस प्रकार हमारे अपने देश के इतिहास में देश, जाति और धर्म पर प्राण न्योछावर करनेवाले राजपूतों की प्राचीन गौरव-गाथाएं स्वर्णाक्षरों में लिखी हुई मिलती हैं, उसी भांति दक्षिण अफ्रीका के इतिहास के पृष्ठों पर वहां की महान शक्तिशाली और पराक्रमी जुलू जाति के कार्यकलाप और शौर्य की कहानी अंकित है। स्वजाति और स्वदेश के नाम पर मर मिटने वाले प्राचीन जुलू सूरमाओं के नाम इतने अधिक हैं कि गिनाए नहीं जा सकते। ये लोग प्रत्येक नये वर्ष में अपना राष्ट्रीय त्योहार यू-क्वेचवाना अर्थात् 'ज्वार की फसल पकने पर ईश्वर को धन्यवाद देने का उत्सव' बड़े समारोह के साथ मनाते हैं। उसी अवसर पर यहां का राजा अपनी सेना का निरीक्षण करता है और कुछ ख्याति-प्राप्त टोलियों के सैनिकों को विवाह करने की अनुमति देता है। नये वर्ष के दिन सामूहिक रूप से ब्याह होता है। इसके बाद नवविवाहित युवकों को एक सांड का बलिदान देना पड़ता है। बलि का सांड बिना किसी शस्त्र की सहायता के ही पकड़ लाना और हाथों से ही उसका वध करना युवकों के लिए अनिवार्य होता है।

ईरान में **नए वर्ष** का उत्सव **नौरोज़** कहलाता है। नौरोज़ से पन्द्रह दिन पूर्व घर में गेहूं या जौ बो देते हैं। नौरोज़ के दिन तक इनमें अंकुर फूट आते हैं। सब लोग मेज़ के चारों ओर बैठते हैं। मेज़ पर शीशा, अंडा और मोमबत्ती रखते हैं। एक सुन्दर प्याले में निर्मल जल भरकर रखा जाता है। पास ही रोटी और पवित्र कुरान रखते हैं। पानी के प्याले में हरी पत्ती (फूटे हुए गेहूं या जौ के अंकुर) डालते हैं। आम धारणा है कि नववर्ष आरंभ होने पर शीशे पर अंडा

खौलने लगता है। प्याले के निर्मल जल में पत्ती का तैरना शुभ माना जाता है। नौरोज़ के अवसर पर खूब रोशनी की जाती है और सभी अपने मित्रों को मुबारकबाद देते हैं।

हमारे पड़ोसी देश **बर्मा में नए वर्ष** के स्वागत के लिए जो त्यौहार मनाया जाता है, उसे तिजांन कहते हैं। **तिजांन** सारे बर्मा में बड़ी धूमधाम से मनाया जाता है। पन्द्रह दिन पहले ही से इसकी तैयारियां आरंभ हो जाती हैं। बड़े-बड़े रबर के पाइप और पानी फेंकने के पम्प खरीदे जाते हैं। बच्चे तोप और बन्दूक की शक्ल वाली पिचकारियां खरीदकर तैयार हो जाते हैं। अधिकांश बर्मी बौद्धधर्म के मानने वाले हैं। अत: तिजांन के दिन सवेरे ही भगवान बुद्ध की मूर्तियों को सुगंधित. जल में स्नान कराया जाता है, फिर बुद्ध की प्रतिमा का पूजन होता है। बच्चे, युवा और बूढ़े सभी एक-दूसरे पर सुगंधित पानी फेंकते हैं। तिजांन के अवसर पर सड़कों के किनारे अनेक स्थानों पर आपको

शामियाने लगे हुए मिलेंगे। इन शामियानों में बर्मा वासी एक-दुसरे को बधाई देते हैं और मिठाई खिलाते हैं। वर्षारंभ के समय की यह जलक्रीड़ा मेष संक्रान्ति के अवसर पर उत्तर बिहार के विभिन्न स्थानों में होने वाली जल-क्रीड़ा से बहुत कुछ मिलती-जुलती है।

बाली द्वीप में नववर्ष दिवस **गालुंगन** कहलाता है। गालुंगन के दिन सर्वत्र बड़ी रौनक रहती है। पर इसके साथ ही, गालुंगन के पहले पांच-सात दिन यहां चोरी का बाज़ार खूब गर्म रहता है। बात यह है कि इस दिन सबको अपने मित्रों और रिश्तेदारों को उपहार देने पड़ते

गातुंगन के दिन बाली द्वीप के निवासी अपने बन्धु-बान्धवों से मिलने के लिए उनके गांवों में जाते हैं। पांच-छः दिन तक कोई काम-धाम नहीं करता। दुकानों के दरवाज़े नहीं खुलते। इसलिए कई दिन तक इस द्वीप के मुख्य बाज़ारों में न फल मिलते हैं, न अंडे और न तरकारी। इन दिनों होटल के नौकर अपने कानों में फूल लगाए, बढ़िया कपड़े पहने, आंगन में बैठकर बरतन मांजने का बहाना करते रहते हैं। 'गालुंगन' के अवसर पर होटलों में सुन्दर-सुन्दर युवतियां आती हैं। और उन्हें रिझाने की कोशिश करती हैं। लड़का विवाहित हो तो कोई हर्ज नहीं, दो शादियां हो सकती हैं। ऐसी दशा में पहली पत्नी बेशक कुछ दिन शोर मचाती है, पर बाद में चुप हो जाती है।

अन्य देशों की तरह **जापान** में भी वर्ष के प्रथम दिवस पर नव-वर्षारंभ-पर्व मनाया जाता है। उस दिन गृहिणियां घर सजाती हैं। गृह-द्वार पर चीड़ की टहनियां और हरे बांस के टुकड़े रखे जाते हैं। चीड़ दीर्घ जीवन का तथा बांस सच्चरित्रता एवं दृढ़ता का प्रतीक माना जाता है। दरवाज़ों पर बान की रस्सी पर 'गोहेई' अर्थात् तिकोने कागज के टुकड़े लटकाए जाते हैं।

उस दिन सवेरे-सवेरे कुएं अथवा नदी से ताज़ा पानी लाया जाता है, जिसे 'नवजात जल' कहते हैं। ऐसा विश्वास किया जाता है कि इसके सेवन से उम्र बढ़ती है। उस दिन चावल का एक विशेष भोज्य-पदार्थ 'मोर्चा' बनाया जाता है। भिस्स (कमल की जेड़) भी खाई जाती है।

प्रत्येक जापानी नववर्ष के दिन पुराना ऋण चुका देना अपना नैतिक कर्त्तव्य समझता है। कई लोग तो इस दिन ऋण चुका न पाने पर ग्लानि से आत्मघात तक कर लेते हैं। उस दिन मित्रों के घर बधाई देने जाने की प्रथा है। ऐसे प्रमुख पर्व पर सबके सब मित्रों से मिलना, बैठकर बातें करना संभव नहीं होता, इसलिए प्राय: घर के दरवाज़े पर अपना 'विजिटिंग कार्ड' छोड़ जाने की प्रथा है।

नववर्षारम्भ जहां जापानियों का सबसे बड़ा आनन्दोत्सव है, वहां जापान के डाक-तार मंत्रालय के लिए सबसे बड़ा व्यापारिक दिन। इस दिन के साथ अरबों येन (जापानी सिक्का) का 'नेंगाजो' का व्यापार जुड़ा है। 'नेंगाजो' यानी जापान के डाक-विभाग द्वारा जारी किए जाने वाले नववर्ष के अभिनंदन कार्ड। इन कार्डों के दाम बहुत कम होते हैं। यूं जापान में गैर-सरकारी बधाई कार्ड भी छपते और बाज़ारों में बिकते हैं, लेकिन अधिकांश जापानियों की दृटि में नंगाजो ही असली बधाईकार्ड है। उन्हें सच्चा संतोष नेंगाजो से ही होता है।

नेंगाजो के बेचने और भेजने की व्यवस्था भी अनोखी है। 31 दिसम्बर तक किसीके पास एक भी नेंगाजो नहीं पहुंचता। नए साल की पहली सुबह की पहली डाक डिलीवरी में हर जापानी परिवार के पास इष्ट-मित्रों, रिश्तेदारों और व्यापारिक संस्थाओं द्वारा भेजे गए नेंगाजो का बड़ा-सा पुलिंदा पहुंच जाता है। सभी कार्डों पर 1 जनवरी की मुहर लगी हुई होती है।

साल के पहले पांच दिनों में अपने बन्धु-मित्रों, परिचितों, मालिकों आदि के घर जाकर उनके स्नेह और कृपा के लिए उन्हें धन्यवाद एवं नववर्ष की बधाई देना जापानियों की परम्परागत प्रथा है।

वर्षा बुलाने की विचित्र प्रथाएं

आधुनिक वैज्ञानिकों का कहना है कि समुद्र-जल के वाष्प रूप में परिवर्तित होने पर उठी जलराशि के रूपान्तर को ही मेघ कहते हैं। मेघ को 'जीवनदाता' भी कहा गया है। यदि ये समय पर आकाश में उमड़-घुमड़कर न आएं और न बरसें तो केवल प्राणी ही नहीं बल्कि पेड़-पौधे भी जीवनहीन हो जाएं। कम से कम हमारे कृषि-प्रधान देश भारतवर्ष में जो कुछ भी हरियाली और पैदावार होती है, उसके उपजाने का मुख्य श्रेय मेघों को ही है। फिर ऐसे मेघों के आह्वान के लिए यदि दुनिया में भिन्न-भिन्न प्रकार के टोने-टोटके इस्तेमाल किए जाते हों, तो क्या आश्चर्य !

आज हम प्रकृति के रहस्य को काफी कुछ समझते हैं। समय पर वर्षाऋतु का आरम्भ क्यों नहीं हो रहा है, वर्षाऋतु देर से आरम्भ होने के क्या कारण हैं आदि बातों की जानकारी हमें मौसम-विभाग से मिल जाया करती है। पर मौसम-विभाग कारण जानते हुए भी उसे दूर कर सके, ऐसी क्षमता अभी मनुष्य के ज्ञान-विज्ञान में नहीं है। आषाढ़ में आसमान पर बादल न दिखाई पड़ें, तो भारत के किसान कांप उठते हैं। गर्मी का तपन बुझने की संभावना

निकट न देखकर पशु-पक्षी और मानव तिलमिलाने लगते हैं। ज्येष्ठ मास की चिलचिलाती धूप और गर्मी सहकर भी साहस न छोड़नेवाली धरती का धीरज चटखने लगता है। विज्ञान का ज्ञान भी जब ऐसे अवसरों पर धरा रह जाता है, तब मानव विवश और असहाय होकर उस रहस्यमय शक्ति के सामने सिर झुका देता है, जिसे हम प्रकृति कहते हैं।

विज्ञान से अनभिज्ञ देश-विदेश के भोले-भाले किसान प्रकृति की विभिन्न शक्तियों को भिन्न-भिन्न देवताओं के रूप में जानते-मानते हैं। और उनकी मनौती के लिए कई तरह के टोने-टोटके करते हैं। संसार में कुछ ऐसी जातियां भी हैं जो यह विश्वास करती हैं कि ऋतु-परिवर्तन के पीछे किसी प्रेत-शक्ति का हाथ है। यह प्रेत-शक्ति जादू के चमत्कार से खुश या भयभीत किए जाने पर ओझा की इच्छा के अनुकूल मौसम प्रस्तुत कर देती है। देश-विदेश में वर्षा को बुलाने के लिए जिन विचित्र उपायों को काम में लाया जाता है, आइए, उसकी रोचक जानकारी से आपका परिचय कराएं।

भारत के कई राज्यों में वर्षा बुलाने के लिए लड़कों और वयस्कों के झुण्ड गली-गली, मुहल्ले-मुहल्ले में 'काले मेघा पानी दें' चिल्लाते हुए घूमते हैं। यह झुण्ड प्रत्येक घर के सामने रुकता है और जिस घर के सामने वह रुकता है, उस गृहस्थ का यह कर्तव्य हो जाता है कि वह उनपर बालटी से पानी उड़ेले। पानी पड़ते ही यह झुण्ड का झुण्ड धरती पर लोटने लगता है मानो वर्षा का सुख भोग रहा हो, और साथ ही दूने ज़ोर से 'काले मेघा पानी दे' का नारा बुलन्द करता है।

गुजरात में समय से वर्षा न होने पर लड़कों के दल अपने किसी साथी को केवल पत्तियों के वस्त्र पहनाकर उसे 'इन्द्रदेव' का प्रतीक मान लेते हैं और इस 'इन्द्रदेव' को लेकर छोकरों के ये दल प्रत्येक द्वार पर जाते हैं, जहां उन पर पानी छिडका जाता है। भारत के इस हिस्से में ऐसी मान्यता पाई जाती है कि ऐसा करने से वर्षा होगी।

भारत के कई राज्यों में वर्षा बुलाने के लिए मेंढकों का भी प्रयोग किया जाता है। ग्रीष्म ऋतु के बाद एक ज़ोरदार वर्षा होते ही मेंढ़कों की उल्लास-ध्वनि आपने अवश्य सुनी होगी। वर्षा होते ही जाने कहां से मेंढ़कों के दल

के दल निकल पड़ते हैं। मेंढकों की एक जाति का विचित्र स्वभाव है कि वे अनावृष्टि के समय पिया हुआ जल अपनी देह में इकट्ठा कर लेते हैं और समय पड़ने पर 'हुड़-हुड' करके उसे वमन भी कर देते हैं। जीव-जगत् की इन्हीं विचित्रताओं के कारण लोगों में यह धारणा बन गई है कि अनावृष्टि का कारण ये मेंढक ही होते हैं जो सारा जल पी लेते हैं और देश में जल नहीं बरसता।

इन सब धारणाओं के कारण, विभिन्न देशों में वर्षा बुलाने के लिए मेंढ़कों का प्रयोग कई तरह से किया जाता है। मध्य-प्रदेश में कर्फ़ नामक एक जाति में यह प्रथा है कि वृष्टि न होने पर वे लोग मेंढक को लाठी में लटका कर लाठी पर हरे पत्ते और नीम की डाल बांध देते हैं। छोटे-छोटे बच्चे उस लाठी को लेकर घर-घर घूमते हैं, साथ-साथ कहते जाते हैं—"ओं मेंढक, जल्दी से वर्षा भिजवाओ, हमारे खेतों की फसल सूख रही है।' जिस किसी मकान के द्वार पर बालक की टोली मेंढकों को लेकर पहुंचती है, उसका मालिक मेंढक के ऊपर जल्दी से जल डाल देता हैं।

बिहार राज्य के कई हिस्सों में वर्षा बुलाने के लिए मेंढकों को घड़े में रखकर पड़ोस के मकान में छोड़ देने की प्रथा है। **दरभंगा** के ग्रामों में लड़के मुंह में काला रंग लगाकर मेंढक की तरह कूदते हैं। उत्तर बिहार के मुज़फ्फरपुर में अनावृष्टि के समय मिट्टी की हांड़ी में एक मेंढक को रखकर उसमें पांच मकानों का जल लेकर डालते हैं। जब मेंढक चिल्लाता है तो लोग गाना गाते हैं, जिसका आशय होता है, जल के बिना हमारे खेत सूख रहे हैं, हे मेंढक, वर्षा को बुलाओ !

दक्षिण भारत में रेड्डी लोगों के यहां वृष्टि के आह्वान का दायित्व कुंआरी कन्याओं पर होता है। वर्षा बुलाने के लिए वे एक बर्तन में जीवित मेंढक लेकर घर-घर जाती हैं, जहां उनपर पानी डाला जाता है। **कुमाऊं** अंचल में एक लम्बे बांस पर मेंढक की जीभ निकालकर उसे लटका देते हैं और दो-तीन दिनों तक उसे उसी अवस्था में रहने दिया जाता है। ऐसा करने के पीछे यह विश्वास पाया जाता है कि तृषार्त मेंढक को इस अवस्था में देखकर जलदेवता दयापूर्वक वृष्टि करेंगे।

केवल भारत ही नहीं, अन्य देशों में भी मेंढक और वृष्टि में अटूट सम्बन्ध

माना जाता है। **पेरू** में मेढक की छोटी-छोटी मूर्तियां तैयार करके पहाड़ की चोटी पर रख दी जाती हैं। उनका विश्वास है कि मूर्ति आकाश के जितनी निकट रहेगी, वृष्टि की संभावना उतनी ही अधिक होगी।

कर्नल जी. के. हावर्ड ने 'माउंट एवरेस्ट' नामक अपनी पुस्तक में **तिब्बत** में मेंढक के एक मन्दिर का उल्लेख किया है। कहा जाता है कि इस अंचल में एक बार भीषण वर्षा हुई थी। तब एक लामा ने ध्वनि में मस्त एक मेंढक को मन्दिर के नीचे गाड़ दिया था, जिससे वर्षा थम गई। तब से तिब्बती लोग आज भी वृष्टि रोकने के लिए मिट्टी के नीचे मेंढक को दबा देते हैं। नेपाल में तो वास्तव में वर्षा बुलाने के लिए मेंढक की पूजा की जाती है। कार्तिक की सातवीं तारीख को मेंढकों की बांड़ी पर जाकर पुरोहित उनकी यथोचित पूजा करते हैं और कहते हैं— "हे भूमिनाथ, यह अर्घ्य लेकर हमें वृष्टि और धन-धान्य दो।"

आइए, अब वर्षा बुलाने के लिए दूसरे विचित्र तरीकों से भी आपको परिचित कराते चलें। दक्षिण-पश्चिम रूस के कुछ भागों में वर्षा बुलाने के लिए स्नान को एक चमत्कारी तरीका समझा जाता है। इन स्थानों पर कभी-कभी गिरजा-घरों में प्रार्थना, होने के बाद पादरी महोदय को उनके सम्पूर्ण वस्त्रों-सहित धरती पर लिटाकर खूब अच्छी तरह भिगो दिया जाता है। **दक्षिणी रूस** के एक प्रदेश **कुर्स्क** में औरतें किसी भी व्यक्ति को, चाहे वह अजनबी ही क्यों न हो, पकड़कर किसी नदी में डुबाती हैं, या फिर उसे ख़ूब तबियत से भिगोती हैं। ऐसा माना जाता है कि ऐसा करने से वर्षा शीघ्र ही होगी। रूस के ही काकेशस प्रान्त में एक विशेष समारोह वर्षा बुलाने के हेतु किया जाता है, जिसमें औरतों से हल खिंचवाया जाता है। इन समारोहों में औरतें पशुओं की जगह हल के जुए अपने कंधों पर रखती हैं और हल खींचती हुई किसी नदी या तालाब में घुटनों तक चली जाती हैं। सूखे की स्थिति में **अरमेनिया** में भी औरतों को यही करना पड़ता है। **काकेशिया** के **जार्जिया** प्रदेश में बहुत समय पहले तक यही प्रथा थी कि सूखा पड़ने की स्थिति में दो विवाह योग्य कुंआरी कन्याओं को एक जुए में जोत दिया जाता था, और एक व्यक्ति उन्हें हांकता हुआ हल चलाता था। साथ-साथ प्रार्थना भी चलती जाती थी। ऐसा करने के पीछे यह विश्वास था कि इन्द्रदेव खुश होंगे और वर्षा हो जाएगी।

अफ्रीका एवं उत्तरी तथा दक्षिणी अमरीका की कुछ आदिम जांतियों द्वारा वर्षा बुलाने के लिए वर्षा के प्रेत की पूजा करते हैं। पूजा के उपकरणों में एक विशेष प्रकार का लकड़ी का खिलौना होता है। यह खिलौना पत्ती के आकार का लकड़ी का एक पतला-सा टुकड़ा होता है। इसके एक सिरे पर छेद करके उसमें डोर बांध देते हैं। फिर मुख्य ओझा इस डोर के दूसरे छोर को पकड़कर ज़ोर-ज़ोर से घुमाता है। इस प्रकार घुमाने से 'भन्न-भन्न' और 'सायं-सायं' की ऐसी आवाज़ होती है, जैसे हवा चलने से होती है।

अमरीका के **अरिजोना** और **न्यू मैक्सिको प्रदेश** में **प्युब्लो** कबीले के रेड-इण्डियन अपने विशेष उत्सवों के अवसर पर वर्षा के प्रेत को प्रसन्न करने के लिए इस लकड़ी के टुकड़े का उपयोग करते हैं। वे उसे इस प्रकार

घुमाते हैं कि उससे वर्षा के साथ आने वाली आंधी जैसी आवाज़ होती है। उनका ऐसा विश्वास है कि इस आवाज़ को सुनकर वर्षा की प्रेत-शक्ति धोखे में आ जाएगी और सचमुच पानी बरसने लगेगा। प्युब्लो इण्डियन कबीले के लोग वर्षा बुलाने के लिए एक और उपाय काम में लाते हैं। गांव की सड़कों पर मर्द लोग घोड़ों की पीठ पर चढ़े हुए खूब तेज़ी से इधर-उधर भागते हैं और सड़क के दोनों ओर बने मकानों की छतों पर गांव की औरतें उनपर घड़ों और बड़े-बड़े बर्तनों से पानी फेकती हैं। खूब हंसी-मज़ाक रहता है, लेकिन यह केवल मज़ाक और मन-बहलाव का तरीका ही नहीं है। इस खेल के पीछे वर्षा के प्रेत को यह बताने का इरादा छिपा होता है कि खेतों में पानी न पड़ने से खेती बर्बाद हुई जा रही है, पानी बरसाओ।

न्यू कैलेडोनिया नामक द्वीप में कुछ समय पहले तक वर्षा बुलाने के लिए एक अति बीभत्स और विचित्र प्रथा प्रचलित थी। यहां वर्षा बुलाने वाले ओझा लोग किसी मृत व्यवित्त की कब्र खोदकर उसके अस्थि-पंजर निकालते थे और उन्हें लेकर किसी गुफा में जाते थे, जहां बैठकर उन अस्थियों को जोड़ते थे और इस कंकाल को पेड़ की शाखा के ऊपर लटका देते थे. फिर वे उस कंकाल के ऊपर इस प्रकार पानी। डालते थे कि उस कंकाल से होकर पानी की शाखा पत्तियों पर गिरे। इन ओझाओं को ऐसा विश्वास था कि मृत व्यक्ति की आत्मा इस प्रकार डाले गए पानी को वर्षा में परिणत कर देती है और वही वृष्टि-जल पत्तियों पर होता हुआ धरती पर गिरता है।

अरमेनिया में वर्षा बुलाने का तरीका यह है कि किसी पादरी या पुजारी की पत्नी को पानी में डुबाकर सिर से पैर तक भिगो दिया जाता है। **न्यूगिनी** के पास **फिलोली** नामक एक बड़ा द्वीप है। यहां के निवासी वर्षा बुलाने के लिए किसी जादूगर की सहायता लेते हैं। यह जादूगर किसी पेड़ की एक घनी शाखा तोड़ लेता है और उसे पानी में डुबोकर धरती पर झटकारता है जिससे तमाम आसपास की भूमि पर नन्ही-नन्ही बूंदें सरीखी गिरती हैं। इस द्वीप के निवासियों में ऐसा विश्वास पाया जाता है कि इस क्रिया के द्वारा वह जादूगर वर्षा बुला देगा।

आस्ट्रेलिया के कई हिस्सों में वर्षा बुलाने के लिए प्युब्लो इण्डियन कबीले के लोगों की भांति लकड़ी का टुकड़ा डोर फंसाकर घुमाते हैं और उससे आंधी की आवाज़ उत्पन्न करके वर्षा के प्रेत को खुश करते हैं, किन्तु जहां दूसरी आदिम जातियां इस लकड़ी के टुकड़े को स्वयं में कोई विशेष महत्त्व नहीं देतीं, उनके लिए तो वह केवल काठ का टुकड़ा है, असली प्रभाव तो उस लकड़ी के टुकड़े को घुमाने वाले ओझा और उसके मन्त्र का है, वहीं आस्ट्रेलिया के कई हिस्सों के निवासियों के लिए वही काठ का टुकड़ा अत्यन्त रहस्यमय और पवित्र शक्ति का प्रतीक है। कोई भी बालक उसे तब तक नहीं देख सकता, जब तक वह वयस्क न हो जाए। और औरतें ? औरतों को तो उस काठ के टुकड़े पर आंख डालना भी वर्जित है। यदि कहीं धोखे से देख लें, तो शायद उन्हें अपने प्राणों से हाथ धोने पड़ेंगे।

सहारा मरुस्थल (अफ्रीका) के उत्तरी भाग में रहने वाले **अरब** लोगों में भी वर्षा बुलाने का एक विचित्र तरीका प्रचलित है। गांव के मर्द लोग एक बड़ा-सा पुतला बनाते हैं और उसे खूब सजाते हैं। एक व्यक्ति इस पुतले को हाथ में लेकर आगे-आगे चलता है और गांव के शेष मर्द उसके पीछे-पीछे। इस पुतले को 'घोंजा' कहते हैं। जुलूस के रूप में गांव की सड़क पर से गुज़रते हुए ये लोग अपनी मोटी आवाज़ में एक प्रार्थना दोहराते हैं और गाते चलते हैं तथा वर्षा के प्रेत से विनती करते जाते हैं कि पानी बरसे। वे 'घोंजा' के लिए पानी मांगते हैं। वर्षा के प्रेत को प्रोत्साहित करने के लिए जुलूस के लोग 'घोंजा' पर और एक-दसरे पर पानी डालते जाते हैं ताकि उनकी देखा-देखी वर्षा का प्रेत भी उनपर पानी बरसाए।

ब्रिटिश कोलम्बिया के **रेड-इण्डियनों** में यह धारणा पाई जाती है कि जुड़वां बच्चों में वर्षा कराने की अद्‌भुत और अलौकिक क्षमता होती है। वे ऐसा विश्वास करते हैं कि वायु और वर्षा साक्षात् मनुष्य के रूप में जुड़वां बनकर जन्म लेते हैं। सूखे की स्थिति में प्रत्येक जुड़वां बच्चे या वयस्क की वे पूजा करते हैं और उनसे भयभीत रहते हैं, क्योंकि वे समझते हैं कि नाराज़ होने पर मनुष्य-रूपी वायु और वर्षा के देवता उन्हें नुक़सान पहुंचा सकते हैं।

सूडान की आदिम जातियों में ऐसे शक्तिवान ओझा हैं कि अगर बहलाने-फुसलाने से काम न चले, तो धमकी से काम लेते हैं और इस प्रकार 'लात के देवता' को बात से नहीं, 'लात' से ठीक करते हैं। लेकिन धमकी से पहले वे समझाने-बुझाने से ही काम लेते हैं। उनकी पूजा-विधि बड़ी विचित्र होती है जिसमें लोहे के पतले छड़ और पत्थर के खोखले गोले, जिनमें छोटी-छोटी कंकड़ियां भरी होती हैं, प्रयुक्त होते हैं। ये छड़ और पत्थर के गोले शायद वर्षा के प्रतीक होते हैं। पूजा समाप्त होने के बाद लोग पशु-पक्षियों का बलिदान करते हैं और नाच-रंग के बाद मौज़ में सामूहिक रूप से भाग लेते हैं। यदि इन सबका वर्षा के प्रेत पर कोई प्रभाव न पड़े, तब ऐसी स्थिति में ओझा एक ऊंची पहाड़ी पर खड़ा होकर अपना भाला आकाश में उठाकर अदृश्य वर्षा के प्रेत को मारता है। लोगों का विश्वास है कि इस धमकी का असर तो होगा ही।

मध्य आस्ट्रेलिया के **दीरी** कबीले के लोगों में वर्षा बुलाने की एक अति विचित्र प्रथा है। वे वर्षा बुलाने के लिए उन पुरुषों की सहायता लेते हैं जिन्हें वे 'मुरा-मुरा' कहते हैं। 'मुरा-मुरा' कृपा करके उन्हें यह शक्ति प्रदान करता है कि वे वर्षा करा सकें।

पूर्वी अफ्रीका के **घामबुनवे** कबीले के लोग सूखा पड़ने पर अपने ओझा के पास जाते हैं। ओझा महोदय एक काले रंग की भेड़ और एक काले रंग के बछड़े की मांग करते हैं। यह बताने की आवश्यकता नहीं कि ये दोनों ही चीज़ें परेशान गांव वाले बेचारे दौड़कर मुहैया करते हैं। ओझाजी इन जानवरों को लेकर गांव की सबसे बड़ी झोंपड़ी की छत पर चढ़ जाते हैं और वहां चढ़कर दोनों ग़रीब जानवरों का पेट फाड़कर रक्त, मांस, मज्जा आदि को चारों दिशाओं में फेकते-बिखराते हैं। इतना सब कुछ कर चुकने के बाद ओझा एक बर्तन में कुछ पानी डालते हैं। पानी में कुछ विशेष चमत्कारी दवाएं डालते हैं। अगर ओझा का प्रयत्न सफल हुआ है, तो दवाओं के डालते ही पानी खौलने लगता है, जिसके अर्थ हुए कि वर्षा शीघ्र ही हो जाएगी।

अन्तिम संस्कार की अनोखी प्रथाएं

मनुष्य-जीवन का अन्तिम अध्याय होता है, मृत्यु। मृत्यु के बाद मानव-शव का, विभिन्न देशों में कई तरह से अन्तिम संस्कार किया जाता है। कहीं शव को जलाया जाता है, तो कहीं उसे कब्र खोदकर दफना दिया जाता है और कहीं-कहीं नदी, समुद्र या पोखरों में शवों को बहा दिया जाता है, परन्तु इस संसार में विचित्रताओं की कमी नहीं है। कई देशों में मानव-शव का अन्तिम संस्कार इस रूप में किया जाता है कि जिनके बारे में जान-सुनकर हमें आश्चर्यचकित रह जाना पड़ता है। आइए, हम आपको मानव-शव के अन्तिम संस्कार के कुछ ऐसे ही अजीबो-गरीब तौर-तरीकों से परिचित कराएं।

मानव में जीवन की लालसा और मौत का भय आदिकाल से है, लेकिन इस भय से परे दुनिया में एक देश ऐसा भी है और वह शायद अपने ढंग का अकेला ही देश है, जहां के लोग खुद अपने ही जनाज़े, अपनी ही मौत और अपनी ही कब्र की कल्पना बड़े आनन्द से करते हैं। और वह देश है, **मैक्सिको**। शायद इसका कारण वहां के लोगों की दृष्टि में नयापन

है। मौत को वे उतना ही महत्त्व देते हैं, जितना जन्म को। देश-देशान्तरों में जन्म पर खुशियां मनाई जाती हैं, लेकिन मैक्सिको के लोग मृत्यु पर भी खुशियां मनाते हैं, खूब-हंसते और बाजे बजाकर नाचते हैं। मृत्यु भी एक नया जीवन है, ऐसी उनकी धारणा है। मैक्सिको के लोगों की 'शव-पेटी' चमकदार रंग और चित्रों से सुसज्जित होती है। जनाज़े में लोग गाते-बजाते हैं और क़ब्र पर हर साल उनके संबंधी व मित्रगण संगीत-गोष्ठी का आयोजन करते हैं। तात्पर्य यह है कि वे अपनी और मित्र जनों के जन्म की तरह मौत की कामना करते हैं, उनकी मौत पर हंसते हैं, बड़ी खुशियां मनाते हैं।

इस तरह वहां सामूहिक रूप से मरणोत्सव मनाया जाता देखकर, स्वयं अपने लिए ही दूकानों में जाकर शवपेटी पसन्द करना, शव-यात्रा के समय कौन-कौन-से राग और गीत गाए जाएं, तथा मरने के बाद कब्र पर हर साल होनेवाली गोष्ठियों में किस-किसको बुलाया जाए और कौन-कौन-से पकवान तैयार किए जाएं, ऐसा निर्णय वे पूर्णतः वसीयत के रूप में छोड़ जाते हैं। यह सब सोचना शायद वहां के लोगों को सुखकर लगता होगा। अफसोस होता है उन्हें तो सिर्फ इसी बात पर कि मरने वाला खुद, जिसने अपने मरणोत्सव के लिए इतनी सारी तैयारियां की, स्वयं उस उत्सव का आनन्द उठाने के लिए उपस्थित नहीं रह सकता। उनकी इस कल्पना मात्र से आंखों में आंसू छलक आते हैं। दावत की योजना करने वाला स्वयं दावत का मज़ा नहीं ले सकता।

बाली द्वीप में किसी व्यक्ति के मरने पर उसका अन्तिम संस्कार बड़े धूमधाम से किया जाता है, क्योंकि देहर के बंधन से आत्मा का विमुक्त हो जाना यहां हर्ष की बात समझी जाती है, शोक की नहीं। जिस परिवार में किसी की मृत्यु होती है, उस परिवार की औरतें उसी समय से प्रेतों को भगाने के लिए वृक्ष के पोले तनों से बने ढोल पीटना शुरू कर देती हैं।

शुरू में यहां मृतक का शव दफना दिया जाता है, परन्तु दो-चार वर्ष बाद जब उसी क्षेत्र के किसी धनी व्यक्ति की मृत्यु होगी और उसका अन्तिम संस्कार होगा, तब पूर्व दफन किए लोगों को कब्र से निकालकर धनी व्यक्ति

के शव के साथ अग्नि-देवता को अर्पित कर दिया जाता है।

शवों को रखने के लिए पशुओं के आकार की बड़ी कलात्मक पेटियां बनाई जाती हैं। चिताएं सुन्दर मंडपों जैसी होती हैं। उनके निर्माण पर सैकड़ों-हज़ारों गल्डर (डच सिक्का) खर्च कर दिए जाते हैं।

बौद्धमतावलम्बी होने के कारण **बर्मा** में मृत्यु को निर्वाण के रूप में माना जाता है, जिसका अभिप्राय है— मनुष्य का दुःखों से छुटकारा। अतः मृत्यु के अवसर पर बर्मी लोग रोना-पीटना बुरा समझते हैं। उनकी शव-यात्रा भी विचित्र प्रथाओं से युक्त होती है। शव को एक गाड़ी पर ले जाया जाता है। शव-यात्रा का मार्ग ऐसा नियत किया जाता है कि उसमें पैगोडा (बौद्ध-मंदिर) अवश्य पड़े। पैगोडा के आते ही गाड़ी को रोक दिया जाता है और उसे आगे-पीछे काफी झुलाया जाता है। इस समय लोग खूब बाजे बजाते हैं। इन सबका अभिप्राय यह है कि मृतक की आत्मा भगवान बुद्ध की शरण में जा पहुंची।

आस्ट्रेलिया की कुछ आदिम जातियां स्वाभाविक रीति से मृत्यु होने में विश्वास नहीं करतीं। मौत का कारण वे जादू-टोना ही समझती हैं। इसीलिए मरने से सम्बन्ध रखती हुई कई रस्में इनमें होती हैं। जब व्यक्ति मृत्यु-शय्या पर पड़ता है, उसी समय से 'शोक' की रस्म का आरंभ होता है। लोग रोते-चिल्लाते और अचेत होने लगते हैं। औरतें अपनी जांघ में घाव करने लगती हैं। कभी-कभी घाव इतने गहरे किए जाते हैं कि स्त्री खड़ी भी नहीं रह सकती। मृत्यु-शय्या पर पड़े व्यक्ति की मृत्यु होते ही स्त्री-पुरुष छड़ी-लाठी हाथ में लेकर एक-दूसरे को भोंकते-पीटते जूलूस बनाकर निकलते हैं। इस मौके पर एक-दूसरे के आघात से बचने की कोशिश नहीं की जाती। इसीलिए बहुतों का शरीर लहू-लुहान हो जाता है, फिर लाश को ले जाकर एक पेड़ की खोह में **रख** दिया जाता है। तीन दिन बाद लोग जाकर उस खोह को देखते हैं। और पता लगाते हैं कि वहां किसी पशु-पक्षी के कोई चिह्न तो विद्यमान नहीं हैं। यदि कोई चिह्न उन्हें मिलता है, तो वे उस चिह्न द्वारा उस शत्रु का पता लगा लेते हैं, जिसके जादू से व्यक्ति मारा गया होता है। और उससे बदला लेते हैं। यदि पेड़ की खोह में तीसरे दिन उन्हें कोई

चिह्न नहीं मिलता, तो वे लाश को एक साल तक वहीं रहने देते हैं। साल पूरा होने पर मरे आदमी के भूत की अनुमति लेकर लाश की अस्थियां उतारी जाती हैं। इस मौके पर सबसे कम अवस्था वाला युवक पत्थर के कुल्हाड़े से अस्थि-पंजर को तोड़ता है और हाथ में एक हड्डी को छोड़कर बाकी सभी अस्थियों को वृक्ष की खाल में लपेटकर बंधा छोड़ दिया जाता है।

अफ्रीका के पापुदान कबीले में जब कोई व्यक्ति दूसरे कबीले के लोगों से लड़ते हुए मारा जाता है, तब उसके शव को घर में लाया जाता है और उसकी विधवा पत्नी अपने मृतक पति का सिर काट लेती है। पत्नी उसकी खोपड़ी को खाल और बालों से अलग करके उसे धोती है और फिर खोपड़ी को अपने गले में पहन लेती है। लोग मृतक पति के तरकश में से एक तीर निकालकर उसकी खोपड़ी में घोंप देते हैं, ताकि दूसरों को यह मालूम हो जाए

कि उसका पति लड़ता हुआ मारा गया है।

जितने दिनों तक मृतक का मातम रहता है, उतने दिनों तक विधवा उस खोपड़ी को गले में डाले रहती है। इसके बाद उसे उतारकर अपनी झोंपड़ी के दरवाज़े पर टांग देती है। इस सम्बन्ध में सबसे विचित्र बात यह है कि जिस स्त्री को अपने मृतक पति का सिर नहीं मिलता उसे अत्यन्त भाग्यहीन समझा जाता है और उसे गांव से बाहर रहना पड़ता है।

भारत की आदिवासी जाति **हो** में शव को गाड़ने और जलाने दोनों की प्रथा प्रचलित है। मृत्यु के बाद वे मृत व्यक्ति के लिए पत्थर के स्मारक खड़े करते हैं। उनका विश्वास है कि मृत व्यक्ति की आत्मा मृत्यु के बाद समाज से शत्रुता करने लगती है, अतएव यदि रक्षा के उचित उपाय न किए जाएं, तो शरीर से अलग हुई आत्मा शरारत करके परिवार के दूसरे लोगों को परेशान कर सकती है। क़ब्र के चारों ओर पत्थर और कांटे रख दिए जाते हैं तथा भोजन, पानी, छाता, यहां तक कि दातौन भी क़ब्र पर रख दिए जाते हैं ताकि मृतात्मा को नाराज़ होने का कोई कारण न मिले। मृत्यु-संस्कार दो प्रकार से मनाए जाते हैं, एक तो मृत्यु के बाद तरत ही, और दसरा महीनों या एक बरस बाद, जब कि ये लोग उस अवधि में गांव के सारे मृत व्यक्तियों के लिए संस्कार की क्रिया करते हैं। यह विश्वास किया जाता है कि इस समय मृत व्यक्ति का अपने मृत पूर्वजों से मिलन होता है।

लद्दाखी लोग अक्सर मुर्दों को जलाते हैं। शीत-काल में कोई मरता है, तो उसके संबंधी 15 दिन उसके पास बैठे रहते हैं और दावत करते रहते हैं। मृत्यु के तुरन्त बाद ही पुरोहित बुलाया जाता है। पुरोहित के एक हाथ में एक पुस्तक होती है जिससे वह मंत्र उच्चारण करता जाता है और दूसरे हाथ से लाश के बाल पकड़कर खींचता है। यदि बाल खींचने में लाश की नाक से रक्त आ जाए, तो समझा जाता है। कि उसका निर्वाण हो चुका है। लोग ख़ूब आनन्द मनाने लगते हैं। यदि खून न आए तो ऐसा समझा जाता है कि मृतक की आत्मा वायु मंडल में भटकती हुई कहीं जन्म धारण करने का यत्न कर रही है। तब कई लामाओं को बुलाया जाता है। लामा लोग बैठकर लाश की कमर और पैर आदि में रस्सी बांध देते हैं। यदि लाश

कड़ी हो गई हो, तो हड्डियों के टुकड़े-टुकड़े कर डालते हैं और लाश को एक कपड़े में बांधकर कमरे में बन्द कर देते हैं। उस कमरे में लामा के अतिरिक्त और कोई नहीं जा सकता, फिर कुछ लामा इकट्ठे होकर लाश को श्मशान ले जाते हैं और वहां जला डालते हैं। मृत व्यक्ति की एक छोटी-सी मूर्ति बनाई जाती है और उसके बाद दावतें आदि होकर मृतक-संस्कार का अन्त कर दिया जाता है।

तिब्बत में अन्त्येष्टि-क्रिया भी बड़ी विचित्र है। वहां पर कफन की आवश्यकता नहीं होती है। केवल दो लकड़ियों पर आड़ी-आड़ी दो लकड़ियां बांध दी जाती हैं। इसी पर मृत व्यक्ति को रख दिया जाता है। मुर्दे के ऊपर श्वेत रंग का कपड़ा डाल दिया जाता है और फिर उसे आसानी से दो आदमी उठा ले जाते हैं। इसके पश्चात् एक लामा बुलाया जाता है और अन्त्येष्टि-क्रिया के लिए शुभ मुहूर्त पूछा जाता है। चार तरह की क्रियाएं होती हैं, पानी में बहाना, अग्नि में जलाना, धरती में गाड़ना या जीव-जन्तुओं को खिलाना। लामा जो भी क्रिया उचित समझता है, करवा देता है।

भारत की अधिकांश आदिम जातियों में मृत्यु के संबंध में सामान्यत: तीन तरह की धारणाएं पाई जाती हैं, पहली, मृतक की आत्मा फिर किसी दूसरे रूप में उसी परिवार में जन्म लेती है। इस विश्वास को मानने वाले परिवार की स्त्रियां किसी नदी या नाले के किनारे जाती हैं। वहां मृत व्यक्ति का नाम लेकर ज़ोर-ज़ोर से पुकारती हैं, फिर उस नदी या तालाब से मछली या केकड़ा पकड़ कर घर लाती हैं। कई बार वह कीड़ा किसी स्त्री को खिला दिया जाता है। उनका विश्वास है कि मृतक फिर उसी स्त्री के गर्भ से जन्म लेगा।

दूसरी धारणा यह पाई जाती है कि मरने के बाद आत्मा पुरखों के साथ रहने चली जाती है। उसका न तो पुनर्जन्म होता है और न वह प्रेत-योनि में जाती है। हत्या, शेर से खाया, हैज़ा, प्लेग, चेचक से मरा, डूबा और किसी दुर्घटना से जिनकी मृत्यु होती है, उनके बारे में तीसरी धारणा यह पाई जाती है कि, वे निश्चित रूप से प्रेत-योनि में जाते हैं।

भारत की अधिकांश आदिम जातियों में जब कोई व्यक्ति मरने लगता

है, तो घर के सारे दरवाज़े और खिड़कियां खोल दिए जाते हैं, ताकि मरने वाले की आत्मा को किसी तरह का कष्ट न हो। मृत्यु के बाद मृतक के परिवार की स्त्रियां शव को नहलाकर उसके बालों में कंघी करती हैं। इसके साथ ही उनका रोना चलता रहता है। पुरुषों की भीड़ मृतक के घर के बाहर नगाड़ा, टिमकी और ढोल बजाती है। शवयात्रा बाजे-गाजे के साथ आरम्भ होती है। गांव से दूर श्मशान में शव को गाड़ने के बाद नाच-गाना होता है। अब कुछ लोग शवों को जलाने भी। लगे हैं। मृतक को भैंस, गाय, सूअर, बकरी या मुर्गी की बलि दी जाती। है। पशु को पानी से नहलाकर उसपर सफ़ेद कपड़ा रखा जाता है और श्मशान में उसका पूजन करके बलि चढ़ा दी जाती है।

कोरवा जाति में जिस रास्ते से शव को ले जाया जाता है, उस पर कांटे बिछा दिए जाते हैं और शव को टेढ़े-मेढ़े रास्ते से ले जाया जाता है, ताकि मृत व्यक्ति का प्रेत घर वापस आकर किसी तरह की शरारत न कर सके। मानो इतना इन्तज़ाम काफ़ी न हो, इसलिए कोरवा लोग शव-दाह के स्थान को पत्थरों से घेर देते हैं। मृतात्मा को वर्षा से बचाने के लिए छाता तक रख दिया जाता है।

दक्षिणी अमरीका के सबसे विशाल देश **ब्राज़ील** में एक पर्वतीय क्षेत्र का नाम 'डेलायो' है। वहां साल-भर तक एक भिन्न प्रकार की हवा चला करती है। उस हवा में यह गुण है कि शव कितने ही वर्षों तक खुला क्यों न पड़ा रहे, वह विकृत नहीं होता। इसी कारण, उस प्रदेश के निवासी अपने मुर्दों को न तो कब्र में गाड़ते हैं और न जलाते ही हैं, बल्कि पहाड़ी के अन्दर किसी सुरंग में मुर्दों को दीवार के सहारे खड़ा कर देते हैं। मृतक के शरीर के वस्त्र भी नहीं उतारते। कई युगों के बाद भी ऐसे शव, दूर से जीवित मनुष्य के समान लगते हैं, किन्तु काफी समय के बाद मुर्दे धीरे-धीरे सूखने लगते हैं और सूखकर मिट्टी में मिल जाते हैं। अब भी उस जंगली स्थान के निवासियों में यह प्रथा चालू है जो यद्यपि सुनने में आश्चर्यजनक लगती है, किन्तु है बिल्कुल सत्य।

अमरीका के ही जगलों में **कोहका** नामक एक शिकारी जाति बसती है। जहां यह जाति बसती है, वह कनाहटा प्रदेश कहलाता है। धनुष-बाण,

भाला और भुजाली इस जाति के प्रमुख हथियार हैं। जिस तराई में ये बसते हैं, वहां भैंसे अधिक पाए जाते हैं। ये लोग मुर्दे को गाड़ते नहीं, जलाते भी नहीं। मृत्यु के बाद भैंसे की ताज़ी खाल में लाश को लपेट देते हैं। उसके बदन में खूब तेल लगा दिया जाता है। मुर्दे के शरीर के साथ धनुष-बाण, भाला इत्यादि सब सामान बांध दिया जाता है। इसके बाद उसे गांव से दूर एक ऊंचे स्थान पर रख दिया जाता है, जिससे जंगली जानवर कुछ नुकसान न पहुंचा सकें। वहां रखा-रखा जब मुर्दा नष्ट हो जाता है, तब उसकी खोपड़ी तोड़ दी जाती है। स्त्री अपने पति की लाश के पास नित्य जाती है। प्रतिदिन शव को खाने के लिए भी दिया जाता है। पति के मरने के बाद स्त्री अपने बाल कटा डालती है।

सुमात्रा द्वीप से उत्तर की ओर पहाड़ियों के अंचल में निवास करनेवाले बौनों की बस्ती में जब कोई मर जाता है, तब ये लोग तुरही बजाते हैं और लाश को ज़मीन में गाड़कर गांव से बाहर भाग जाते हैं। कुछ महीनों बाद लौटकर लाश को कब्र से बाहर निकालते हैं और समुद्र के जल से उसे धोते हैं। मृतक के प्रति श्रद्धा जाहिर करने के लिए अस्थि-पंजर के चौगिर्द नाचते हैं। उसकी खोपड़ी अलग करके मृतक के सबसे प्रियजन को दे दी जाती है, जिसे वह रस्सी में बांधकर गले में लटका लेता है।

नेफा के पास कामेंग और सुवांसिरी डिवीज़न में **डफला** आदिवासी 'सुन्दरी' नदी के किनारे-किनारे दूर तक फैले हुए हैं। डफलाओं के छोटे-छोटे गांव तेजपुर ज़िले के लखीमपुर और नोड़वार तक ऊंची-ऊंची पहाड़ियों पर बसे हुए हैं। इस जाति में अन्त्येष्टि-क्रिया का एक अनोखा रिवाज है। ये मृतक को दफनाने के स्थान पर क़ब्र के ऊपर झोंपड़ी बनाते हैं, जिसमें मरने के पांच दिन बाद तक मृतक के लिए भोजन और पानी रखते हैं। मृत्यु के बाद केवल दो दिन तक शोक मनाया जाता है। सरदार के साथ जो गुलाम या अन्य सेवक रहते हैं और जो मुर्दा उठाने या दफनाने का काम भी करते हैं, उन्हें मृत्यु के अवसर पर दो महीने के लिए काम से छुट्टी दे दी जाती है। ऐसा अनोखा रिवाज विश्व की शायद ही किसी अन्य जाति में पाया जाता हो।

मलाया में एक जाति रहती है, **सकाई**। इस जाति के लोगों में मृत्यु का इतना भय होता है कि जब किसी व्यक्ति की गांव में मृत्यु हो जाती है, तो पूरा का पूरा गांव जला दिया जाता है। अन्त्येष्टि-क्रिया की यह विनाशलीला देखना जहां आश्चर्यजनक होता है वहीं इनके विश्वास को देखकर भी कम कौतूहल नहीं होता। इनका विश्वास है कि मरने के बाद भी मृत व्यक्ति को भोजन की आवश्यकता होती है, इसीलिए मृतक शरीर के मुंह में बांस की एक नली लगा दी जाती है और यह नली इतनी बड़ी होती है कि क़ब्र के बाहर भी इसका ऊपरी भाग निकला रहता है। इस नली के द्वारा परिवार के लोग प्रतिदिन भोजन तथा पानी पहुंचाते रहते हैं। किसी सरदार या मुखिया के मरने पर उसकी अर्थी इतनी बड़ी बनाई जाती है कि उसे सौ-सवा सौ आदमी से कम उठा ही नहीं सकते। कई दिनों तक अच्छे-अच्छे कारीगरों की सहायता से विशाल अर्थी बनाई उई जाती है। इसके बाद लोग बड़ी धूमधाम से अंत्येष्टि-क्रिया करते हैं।

चटगांव और **त्रिपुरा** के पहाड़ी अंचलों में **चकमा**[1] नामक एक जाति रहती है। इस जाति के लोगों में जब कोई मर जाता है, तो ये मुर्दे को स्नान कराकर नये वस्त्र पहनाते हैं। इधर सोने के कमरे में एक हिस्से में तीन बांस गाडकर शय्या बनाई जाती है। फिर उस शय्या पर मुर्दे को चित करके सुला दिया जाता है। इसके बाद शव के सिरहाने और पांवों में अन्न के दो पिंड और छाती पर एक रुपया रखकर पाठ करते हैं। इसी समय ढोल भी पीटा जाता है। इसके बाद जब अंत्येष्टि-क्रिया का समय आता है तो अन्न के उन दोनों पिंडों से थोड़ा-थोड़ा अन्न लेकर शव के मुंह में स्पर्श कराते और फेंकते जाते हैं। इसके बाद सूत के एक मोटे धागे से शव के पांव की एक उंगली बांध दी जाती है तथा सूत के दूसरे सिरे से मुर्गे के बच्चे का पैर बांध दिया जाता है। मृत व्यक्ति के परिवार के लोग उस बच्चे को पकड़े रहते हैं। तब पड़ोस का एक वयोवृद्ध सूत के नीचे एक लकड़ी रखता है और सबसे पूछता है,

---

1. चटगांव (बांगला देश) से चकमा शरणार्थी बनकर असम में सबसे अधकि आए हुए है।

'मरे व्यक्ति से जीवितों को सम्बन्ध तोड़ने की आज्ञा है या नहीं ?' सब कह उठते हैं, 'है, है।' तब एक ही चोट में मृत व्यक्ति और जीवितों का सम्पर्क टूट जाता है अर्थात् वयोवृद्ध उस सूत के धागे को बीच से तोड़ देता है। इसके बाद शव की अंत्येष्टि-क्रिया होती है।

आस्ट्रेलिया की कई जनजातियों में यह प्रथा है कि यदि किसी स्त्री का पति मर जाए, तो उसका जीवन बड़ा ही दु:खमय हो जाता है। उसे बहुत दिनों तक मातम मनाना पड़ता है। अंत्येष्टि-क्रिया के पहले स्त्री को अपना सिर मुड़ना पड़ता है और प्राय: दो वर्ष तक उसे मौन-व्रत धारण किए रहना पड़ता है। इस अवधि में वह केवल संकेतों द्वारा बातचीत करती है। विधवाओं को अपने मृत पति की क़ब्र पर एक झोंपड़ी बनानी पड़ती है और सफ़ेद मिट्टी की एक टोपी, जिसका वज़न चार-पांच सेर के लगभग होता है, पहनकर उसी झोपड़ी में रहना पड़ता है। माताएं अपने मृत बच्चों को महीनों और कभी-कभी वर्षों तक लिए घूमती रहती हैं। बच्चे की लाश धुएं तथा अन्य कई तरीकों से अच्छी तरह सुखा ली जाती है।

बस्तर ज़िले की आदिमजातियां शव को मरघट में तब तक रखे रहती हैं, जब तक सारे मित्र और रिश्तेदार जमा न हो जाएं। बाद में एक स्थान पर तीन पत्ते रखे जाते हैं। उनपर थोड़े-थोड़े चावल रख दिए जाते हैं। शव को लिए चार व्यक्ति कुछ दूरी पर खड़े रहते हैं। मृत व्यक्ति का कोई निकट संबंधी पत्तों के पास खड़ा होकर मृतं व्यक्ति को सम्बोधित करके उससे मृत्यु का कारण पूछता है। इनमें यह विश्वास पाया जाता है कि मृतक की आत्मा शव उठाने वाले व्यक्तियों पर उतर आती है। वे मृत व्यक्ति की प्रेरणा से तीन पत्तों में से किसी एक के पास जाते हैं। यदि वे पहले पत्ते के पास जाएं, तो समझा जाता है कि मृत्यु स्वाभाविक हुई है। यदि दूसरे पत्ते के पास रुकते हैं, तो मृत्यु का कारण पितरों का प्रकोप माना जाता है। तीसरे पत्ते के पास जाने पर मृत्यु का कारण जादू-टोना होता है। मृत व्यक्ति के संबंधी उसका नाम पूछते हैं, जिसके कारण मृत्यु हुई है। शव को उठानेवाले किसी स्त्री के पास जाकर रुक जाते हैं। स्त्री भागती है। शव को लिए लोग उसका पीछा करते हैं। कई बार बीस-बीस मील तक इस प्रकार पीछा किया जाता है।

जब तक स्त्री अपने टोने-टोटके को वापस नहीं लेती, बराबर पीछा किया जाता है।

उड़ीसा के **जुआंग** लोगों में जो लोग मरते हैं, वे जला दिए जाते हैं। मुर्दे को टिकटी पर रखते समय उसके सिर को दक्षिण की ओर रखते हैं और उसकी राख को एक मिट्टी के बरतन में इकट्ठी कर लेते हैं। मृतक का श्राद्ध समाप्त होने पर इस राख को घर में रखा जाता है, इसके बाद उसे किसी नाले में बहा देते हैं।

एकलव्य और शबरी के वंशज **भीलों** में कुछ ऐसी मान्यता है कि जब किसीकी मृत्यु नज़दीक आ जाती है, तो घर में अजीब और भयानक आवाजें सुनाई देती हैं। यह आवाज़ उस देव की होती है, जो उस व्यक्ति की आत्मा को लेने आता है। कभी-कभी इसी समय 'ओनी' नाम की चिड़िया भी घर के छप्पर पर बैठी दिखाई देती है। मृत्यु के पश्चात्, सब लोग रोते हैं और मृतक के मुंह में चावल की बनाई शराब की बूंदें डालते हैं। इनमें मृतक को ज़मीन पर लिटाने की प्रथा नहीं है। उसे खाट पर ही पड़ा रहने देते हैं। कुछ देर बाद मुर्दे को नहलाया जाता है और उसे श्मशान ले चलने की तैयारी की जाती है। विशेष बात यह होती है कि यदि पति मर जाए, तो पत्नी को और पत्नी मर जाए, तो पति को उसके मृत-शरीर के साथ थोड़ी देर तक लेटना पड़ता है।

शव-यात्रा में सबसे आगे 'कोतवाल' तूर बजाता हुआ चलता है। श्मशान में एक स्थान पर झाड़ू लगाकर शव वहीं रख दिया जाता है। यहां भी मृतक के मुंह में थोड़ी शराब डाली जाती है। 'हरवान' (दाह-संस्कार करने वाला भील) एक कण्डे में आग लेकर आता है। मृतक के रिश्तेदार कुछ अनाज आदि उसे भेंटस्वरूप देते हैं। 'हरवान' मृतक से प्रार्थना करता है कि तुम्हारे रिश्तेदारों ने तुम्हारे लिए सब कुछ किया है। तुम्हारे प्रति श्रद्धालु हैं, इसलिए इन लोगों को सताना नहीं। इनके पशुओं को नुकसान नहीं पहुंचाना।

मृतक का तीर-कमान, कपड़े आदि चिता पर रख दिए जाते हैं। हरवान चिता में आग लगाता है और दक्षिण से पश्चिम की ओर घूमकर शव का चक्कर लगाता हुआ मंत्र पढ़ता जाता है। दाह-संस्कार समाप्त कर सब लोग किसी

नदी या तालाब में स्नान करते हैं और छककर मदिरा-पान करते हैं।

बोर्निया की **ड्याक** जाति के कबीले में यदि कोई बीमार पड़ता है, और 60 से अधिक जड़ी-बूटियों के उपचार के बाद भी स्वस्थ नहीं होता, तो अन्त में जादू-टोने और झाड़-फूंक के लिए डॉक्टर (टुकान-डोयोन) को बुलाया जाता है। वह रोगी की खाट के पास एक ढाल की ओट में खड़ा होकर कुछ अस्पष्ट-सा उच्चारण करता हुआ कोड़ा पीट-पीटकर यह जान लेता है कि रोगी की आत्मा किस प्रेतात्मा के साथ घूम रही है। यदि वह प्रेत 'दोहोत' है, तो रोगी को निमोनिया है, यदि 'निराम' है, तो मलेरिया, कान का रोग है, तो वह 'नियोयुत' है, पागलपन है, तो उसका नाम 'यूपित' है। इन प्रेतात्माओं को ढूंढ़ने में उसका सारा शरीर ऐंठने लगता है और मूर्छा आने लगती है। यदि कुछ देर बाद शरीर के शिथिल होने पर एकाएक ढाल और कोड़ा रोगी के पास आ गिरे, तो रोगी के ठीक हो जाने की आशा बंध जाती है। पर मरणासन्न रोगी के लिए नींद वर्जित कर दी जाती है। इस बार ओझा सबसे बड़े प्रेत 'क्वीटो' से मुलाकात लेता है, पर इस क्रिया में कम से कम तीन-चार दिन लग जाते हैं, जब तक रोगी की इहलीला समाप्त हो जाती है।

रोगी की अथवा अन्य किसीकी मृत्यु हो जाने पर उसके घरवाले उसे घेरकर बैठ जाते हैं और तरह-तरह से मुंह बिगाड़कर अट्टहास करते हैं। कुछ लोग 'सुपारियों का खेल' खेलते हैं। स्त्रियां उस लाश के पास पके चावल, पान-सुपारी, तम्बाकू आदि रख देती हैं, इस आशा से कि शायद उसकी आत्माएं, दैविक और भौतिक, फिर लौट आएं। इस प्रतीक्षा में लाश जब तक सड़ती नहीं, रखी रहती है और घर का कोई भी प्राणी उसके विसर्जन तक नींद नहीं लेता। कफन के लिए कुछ लोग काला मुंह बनाकर जंगल के पेड़ों की छाल काट लेते हैं। दो दिन बाद लाश को क़बीले के बाहर रखा जाता है। अन्त में चार आदमी उसे कंधों पर उठाकर दुलकी चाल से नदी-किनारे जाकर एक नाव में बड़ी हिफाज़त से रखकर उसे बहा देते हैं। सारे कबीले में पन्द्रह दिन तक शोक मनाया जाता है। परिवार के सारे लोग सिर मुड़वा लेते हैं और बनावटी झुंझलाहट प्रकट करते हैं, ताकि मृतात्मा परिवार के कष्ट को समझ सके।

ब्राज़ील की **बोरोबोरो** जाति में मृतक-संस्कार की अनोखी प्रथा है। वे मृतक के मांस को काट-काटकर जला देते हैं और कंकाल पर पक्षियों के पर चिपटा देते हैं और फिर उन परों को छुड़ाकर नदी में विसर्जन कर देते हैं। उनका विश्वास है कि, पर जिन मछलियों से स्पर्श करेंगे, उन मछलियों को खाने से उनकी आयु बढ़ेगी।

जापान में मुर्दों को उत्तर की ओर सिर करके लिटाया जाता है। इसलिए लोग उत्तराभिमुख होकर नहीं सोते, ताकि कहीं रात को सोते-सोते उनका प्राणान्त न हो जाए। वहां का हर छठा दिन 'तोमो-बिकी का दिन कहलाता है। उस दिन जापान में मुर्दे नहीं गाड़े जाते, क्योंकि वहां ऐसी मान्यता है कि इस दिन मुर्दा दफनाने पर मृत व्यक्ति के छः और स्वजन मौत के शिकार हो जाते हैं। यदि किसी कारण से 'तोमो-बिकी' के दिन मुर्दे को दफनाना अनिवार्य हो जाए, तो उसके साथ कफन में मिट्टी के छः पुतले रख दिए जाते हैं, ताकि मृत्यु-देवता धोखा खा जाएं।

● ● ●